유기견, 유기묘, 유기인의 동거일지

유기견, 유기묘, 유기인의 동거일지

2023년 8월 20일 초판 1쇄 찍음
2023년 8월 30일 초판 1쇄 펴냄

지은이   윤끼
펴낸이   이상
펴낸곳   가갸날
주소   경기도 고양시 일산서구 강선로 49, 402호
전화   070.8806.4062
팩스   0303.3443.4062
이메일   gagyapub@naver.com
블로그   blog.naver.com/gagyapub
페이지   www.facebook.com/gagyapub
디자인   강소이

ISBN   979-11-87949-94-7 (03810)

본 도서는 카카오임팩트의 출간 지원금을 받아 만들어졌습니다.

유기견, 유기묘, 유기인의 동거일지

윤끼 지음

가갸날

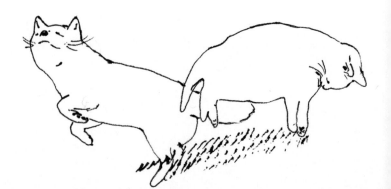

프롤로그

'내일 눈을 뜨지 않았으면 좋겠다.' 매일 밤 내일이 오지 않길 바라며 잠들곤 했다.

나이가 들수록 무언가를 하고 싶다는 유년기적 욕망은 꽤 사치스러운 것이란 걸 깨달았다. 잔뿌리 같은 욕망들이 하나둘 잘려나간 만큼 나의 정체성과 삶의 근간도 흔들리기 시작했다. 자아는 그렇게 증발했다. 텅 빈 회색 인간은 아무 일도 벌이지 않고 이대로 생을 '유지'하다가 떠나겠다는 유일한 욕망을 가졌다. 능동적인 욕망인 듯 보였으나 어느 시점부터 삶을 '유기'시켜버린 피동적 선택이었다.

그러던 어느 날 난데없는 사건이 벌어졌다. 개와 고양이가 내 삶에 던져진 것이다. 그들로선 그들의 삶에 내가 던져진 것이기도 했지만.

불현듯 개가 말했다.

"저 인간, 내일은 살아남을 수 있을까?"

말이 없던 고양이가 대답했다.

"글쎄, 죽을지도 모르겠다. 우선 오늘은 살 수 있을 듯?"

개는 고개를 갸웃거리며 되물었다.

"그런데 내일이 언제지?"

둘의 대화 사이에 놓인 채 어리둥절했다. 대화를 듣고 있자니 내일을 간절히 원하진 않더라도 최소한 의미 없는 일과 관계에 헛되이 시간을 쏟기엔 억울했다. 두 이종(異種)이 무심코 나눈 대화에 귀를 기울이고 손을 뻗었다. 어쩌면 사는 게 그리 대단한 건 아닐지도 모른다는 희미한 기대감을 다시 품으며.

개와 고양이는 '제야'에게서 어느 날 갑자기 내게로 건네졌다. 제야는 내가 아는 사람 중 가장 형형한 눈빛을 지닌 이다. 새롭고 무용한 것들로 가득 찬 그의 행동과 말들은 머리로 이해할 수 없는 것들 투성이였으나, 시간이 지나고 나면 가슴으로 쉬이 이해되는 단순한 것들이기도 했다. 그는 개와 고양이를 건네며 그의 삶의 방향성이 두 생명체로부터 시작되었다는 말을 덧붙였다. 다가오는 매 순간들을 환대하며 살아가겠다는 제야가 그들을 구조했지만, 결국 구조된 건 제야 자신이었다.

그가 가진 세계관의 살아 있는 증거이자, 그가 유영 중인 우주의 삼분의 일 정도를 차지하고 있다는 털뭉치들. 그렇게 '네 삶이 가득 채워지길 바래.'라는 문장과 함께 구조대가 내게 왔다.

푸코는 어릴 적 애견박람회에서 받아든 견종 카드에서 보던 족보 있는 개와는 거리가 멀었다. 경남에서 두어 번 파양되고 전남 어느 보신탕집에서 구조되었다는 게 누런 개에 대해 알 수 있는 전부였고, 녹아내린 이빨을 통해 어릴 적 홍역을 앓은 것 같다는 쓰린 추측만이 가능했다. 그런 꼬질꼬질한 사연을 품고 나의 첫 독립과 함께 녀석이 내게 왔다. 마냥 기쁘기만 한 것은 아니지만 정말 살아 있는 삶, 나와 푸코는 그렇게 주인된 삶이란 무엇인지 온몸으로 같이 배워나가는 동료가 되었다.

푸코와 함께하는 삶이 무르익던 시점, 가장 정적인 생명체가 우리의 생태계 속에 들어왔다. 흰 고양이 이두부,

이 액체 같은 생명체를 싫어하지는 않았으나 고양이를 기른다는 것은 희미한 욕망의 범주에조차 존재하지 않았다. 익어가던 시공간의 모든 것들이 거짓말처럼 다시 처음으로 되돌아갔다. '두부'라는 이름에 걸맞게 녀석은 흰 털로 둘러싸인 거대한 달팽이 같았다. 달팽이 촉수를 만지면 쏙 들어가는 것마냥 머리를 쓰다듬으려고 하면 길게 뺀 목이 쑤욱 몸으로 돌아가는 것이 아닌가! 안아보려고 살며시 양쪽 앞다리 겨드랑이에 양손을 넣고 들어올렸더니, 9kg이나 되는 몸이 중력을 고스란히 받아 아래로 주욱 늘어졌다. 흰 고양이는 한없이 길어지더니 양손에서 쑥 빠져나가 어느새 자기 자리로 돌아갔다.

'안지도 못하는 동물을 어떻게 키우지?'

반려동물의 범주에 개와 고양이는 나란히 묶여 있지만, 그것이 인간중심적인 분류라는 걸 증명하듯 그들은 전혀 다른 종이었다. 개과의 개와 고양잇과의 고양이. 며칠 살을 맞대고 지내보니 '개-사람-고양이'는 상상했던 것 이상으로 달랐다. 둘의 가운데 사람을 배치한 것은 개와 고양이의 연결자로서 기능하길 바란 마음이었으나, 그것은 사람의 오만이었다. 각기 다른 장을 가진 우리에게서 포유류라는 것 외에 교집합을 찾아내기란 쉽지 않았다.

서로의 언어를 배워가는 데 시간이 꽤 걸리겠다는 걱정이 앞섰다. 아니나 다를까 두부가 식구가 된 첫날 밤, 고양이도 개도 사람도 뜬눈으로 지새웠다. 고양이는 새로운 영역에 적응하느라, 개는 새로운 생물체에 적응하느라, 사람은 그 둘과 공존할 수 있길 바라는 간절한 마음에. 혹은 이 모든 게 꿈이길 바라는 수험생의 고단한 여느 밤처럼. 이런 어색하고 오가지 않는 대화들을 보고 있자니 결말 없는 시트콤 같았다. 거실 소파에 앉아 서로가 서로를 아무런 미동 없이 예리하게 지켜볼 뿐이다. 개는 갑자기 등장한 고양이를 흘깃 보고 있고, 아직 새 공간과 존재들이 낯선 고양이는 멀찍이서 구슬 같은 두 눈으로 이곳저곳을 훑었다.

그 어떤 계획도 없이 마치 예견되어 있던 것처럼 아슬아슬한 생의 한가운데서 셋이 모였다. 이렇듯 막연한 기대와 뚜렷한 걱정만을 품은 채 유기인, 유기견, 유기묘의 동거가 시작되었다.

 ⓒ 프롤로그

개가 밤이 되었다.
고양이가 낮이 되었다.
내가 달이 되었다.

우리는 지금 어디에 있나.

part 1

네발로 걷기

D-1: 안락사를 앞둔 누렁이

감사하게도 많은 이들이 애정 어린 마음으로 우리집 녀석들을 아껴준다. '시바' 종이 어느샌가 미디어를 통해 인기를 얻으면서 푸코와 산책하러 다닐 때마다 질문을 받는다. 아마 뾰족하게 선 두 귀와 살짝 위로 올라간 눈매, 무엇보다 얼굴 전체에 자리한 하트 모양 흰 무늬 때문에 얻은 오해일 것이다. 조금 더 자세히 봤다면 말리지 않은 장대 꼬리, 긴 주둥이 같은 걸로 충분히 시바가 아니란 걸 알 수 있다.

"시바견인가요?"

우리의 산책 시간을 방해받고 싶지 않아 혹은 대화의 빠른 끝맺음을 위해 대충 "네."라고 하거나 "아니요. 누렁이랑 뭐 그쯤 여러 사이에 있어요."라고 대답하곤 걸음을 재촉한다. 때론 "이런 강아지는 얼마인가요?"라는 불쾌한 질문에 속상해 하면서 속으로 언짢음을 삼키고 지나간다. "유기견보호소에서 데려왔는데, 이런저런 수술을 좀 해서 돈이 많이 들었어요. 요새 누가 개를 사나요, 하하."라고 둥그렇고 뾰족한 대답을 던지고 가던 길을 간다.

푸코는 9년 전쯤 제야에 의해 죽음의 문턱에서 구출되었다. 구조된 유기견은 대략 열흘 정도의 공고 시점이 끝나면 안락사된다. 공고가 하루 남은, 생과 사의 경계에 서 있는 녀석을 나주에서 데려왔다. 그래서 정확한 나이도, 출신도 알 수 없었다. 그저 푸코의 몸에 새겨진 흔적을 보며 얼마나 아팠을지, 대충 몇 살일지, 어떤 시간을 걸어왔을지 그의 사연을 추측할 뿐.

지금은 꽤 뽀얗고 정돈된 모양새를 갖고 있지만 과거의 푸코는 시골에 가면 흔히 볼 수 있는 들개 누렁이었다. 그 수많은 누렁이 중 어쩌다 녀석이 흐르고 흘러 도시 끝자락까지 와 '푸코'라는 이름으로 불리게 되었을까? 밝혀지지 않은 역사는 늘 궁금증을 자아내는 법이다. 궁금하면서도 아쉬운 마음에 푸코의 처음을 아는 제야에게 시시 때때로 녀석의 시작점을 물어보곤 하였다.

:.*..푸코의 시간을 되짚어가며:..*

To 제야

우리가 비록 푸코 생의 출발점을 본 적은 없지만, 처음 녀석을 마주한 장면이 궁금해. 여러 모로 악조건인 푸코를 데려오게 된 이유 같은 게 있을까? 얼핏 기억하기에는 질병도 있었고 파양도 여러 번 당했다고 들었거든. 물론 과거의 푸코로만 현재의 푸코가 이루어진 건 아니지만 그래도 녀석의 조각들이 궁금해.

From 윤끼

To 윤끼

원래는 실험실 비글을 구하려고 했었지. 비글들이 땅을 밟아본 적 없이 인간을 위한 실험에만 쓰이다가 생을 마감한다기에. 마침 인간의 욕망과 지구의 멸망에 관한 관심으로 채식주의자가 되길 도전하며 여러 사례를 살피던 중이었거든. 그냥 실천해 보고 싶었어.

지구를 구할 순 없지만, 작은 생명 하나 정도는 구할 수 있다는 단순한 생각. 안 먹던 채소를 몸속에 집어넣으며 중얼거렸지. 이 한 몸뚱이 사는 동안 건강하고 싶은 사적 욕망에다 육류 소비로 인해 멍든 지구에 덜 부끄럽겠다는 윤리적 욕망을 더했어.

한 큐에 해치워버리려는 안일한 생각이었나 싶어서 갸우뚱거리던 차에 비글 소식을 알아보다가 푸코를 만난 거야. 천진난만한 표정의 이미지 한 장으로. 개 농장에서 구조되었으나, 입질이 심하고 사회성도 없는 것으로 보아 유랑생활이 길었던 듯하고, 다른 개들과 어울리지를 못해 독방 뜬장에서 온종일 물어뜯고 있다는 것이 유일하게 이미지에 첨가된 문장이었어. 내일 안락사당해도 이상하지 않은 처리 대상 1순위.

생전 처음 가보는 나주로 내려가 녀석을 마주했지. 사진 속 이미지와 실제의 차이는 크지 않았지만 예상과는 달랐어. 보호소 관계자들도 잘 못 건드리던 멍멍이가 나를 보더니 알고 있었다는 듯 달려와 안기더라고. 뜬장에 오랫동안 갇혀 있던 이유로 사족 보행이 안되고 가만히 서 있기도 안되는 엉망인 상태였지만, 밝은 표정과 날쭉거리던 혀와 젖은 코에서 얼굴로 뿜어지던 숨을 아직도 잊지 못해. 매번 푸코를 볼 때마다 일종의 의식을 치르며 그 살아 있음 자체가 여전한지 서로 확인하지. 두 번의 파양이 있었고 어쩌고 저쨌다는 정보는 많았는데 기록해 두지 않았어. 아무튼 푸코를 잘 돌봐주어 고마워.

From 제야

To 제야

푸코 머리에 있는 검은 상처 자국이랑 갈려 있는 이빨들을 보며 매끄럽지 않은 삶을 어느 정도 예상은 했지만 엄청난 일들을 겪었구나. 푸코의 어설픈 행동들이 조금은 이해가 된다. 그래도 당신과 어떤 인연의 끈 같은 게 있었나봐. 모두에게 적대적이던 녀석이 와서 와락 안겼다는 게. 아마 푸코도 하루 남은 생의 마감을 예측하고 있었던 걸까? 동물에게는 인간에게 없는 여섯 번째 감각이 있다잖아. 아무리 녀석이 눈에 밟혔다 해도 도시에서 홀로 사는 처지에 새로운 식구를 맞이한다는 게 쉬운 결정은 아니었을 것 같아. 현실적으로 따져봤을 때 물리적 시간과 경제적인 부분을 배제할 수 없었을 텐데.

From 윤끼

혼자 상경해서 사는데 반려동물이라니 누군가 보면 미쳤다고 할 거야. 그리고 인간 관점에서야 안락사가 나쁘지만, 아프거나 삶이 고통스러운 개로서는 그게 더 좋을 수 있다는 생각도 들었어. 인간도 어떤 경우는 존엄하게 생을 마감하고 싶어하잖아. 그래서일까? 푸코를 처음 만났을 때 삶에 대한 총체를 생각해 본 것 같아. 내 많은 이야기들이 이 '안락사'에서 시작되기도 하고.

하지만 현실적인 부분 혹은 인간의 입장 모두 차치하고 마음에 의한 어떤 끌림 같은 게 있었어. 그런데 걱정과 달리 도리어 푸코가 생기면서 나도 안정화되었어. 이 녀석을 책임지기 위해 경제적인 안정성을 고민하게 되고, 불규칙한 생활을 하던 1인 가구에 루틴 같은 게 생기기도 했지.

그래서 만약 새 식구를 데려오길 주저하는 이들이 있다면 이렇게 말해 주고 싶어. 그 녀석을 잘 돌보고 관리할 수 있는 애정과 책임감만 있다면, 주저하지 말고 한 걸음 시도해 보라고. 앞만 보면서 일직선으로 걷다가 어느 날 1도만 살짝 돌려도 세상엔 만날 수 있는 수많은 관계가 있잖아.

제야가 불현듯 돌린 시선 덕에 운 좋게 푸코는 그를 거쳐 우리집으로 왔고, 현재는 고양이와 게으른 사람과 안녕한 나날들을 보내고 있다. 안락사를 기다리는 수많은 생명 중 녀석은 단지 운이 좋아서 생이 연장되었다. 여전히 불안정한 유년 시기가 묻어 있어 때때로 사납고 서툴게 행동할 때도 있지만, 이것은 비단 녀석의 출신에서 빚어지는 문제는 아닐 것이다. 푸코는 점차 안정감 있는 생활에 적응하면서, 거기에서 빚어진 여유로 세상과 다시 관계를 맺어가고 있다.

차차 안정감을 찾아가는 녀석을 보며 삶을 유지하고 온전히 살아가는 것이 순전히 운에만 맡겨져야 한다는 비통함에 마음이 무거웠다. 유기동물보호소 목록 속 푸코의 위아래 들어 있던 선택 받지 못한 녀석들의 아스러진 시간들을 푸코와 나는 살아가고 있다. 전국의 보호소 정보를 알려주는 앱에는 매일 새로운 유기·유실 동물들이 들고 난다. 며칠 뒤 '완료(귀가)'라는 상태로 바뀌면 안도하게 되지만, 어느 시점이 지나면 사진 한쪽에 국화꽃이 그려진다. 생의 축복을 맞이한 지 몇 개월 되지 않은 어떤 개들은 이름 한번 가지지 못한 채 생을 마감하기도 한다.

생과 사의 문턱에 서 있던 푸코는 그 경계에서 뒷걸음질 쳐 나에게로 왔다. 선택 받지 못한 이들의 몫까지 더욱 열심히 살아내겠다는 듯이 녀석은 매순간을 살아내고 있다. 그리고 회색 눈빛의 인간에게 내일이 오지 않았으면 좋겠다는 생각 같은 건 하면 안된다는 듯 힐난하며, 죽음의 문턱에 다가선 이들만 깨닫는 진리를 통해 '사는' 법을 온몸으로 보여주고 있다.

:.* 추신 :..*

To 제야

때로는 '앎'과 '지식'이 행동을 가로막기도 하잖아. 나도 그렇게 개를 좋아한다고 하면서도 막상 개를 키웠을 때 생길 예상되는 문제들 때문에 선뜻 행동할 수 없었거든. 막연히 모르던 그때와 지금은 다른데 같은 상황이 벌어진다면 또다시 데려올 건지 궁금한걸.

From 윤끼

소위 말하는 '안다는 것'은 정말로 알아도 아는 게 아니기도 하지. 알아도 소용없이 바뀌는 게 있고, 모두가 부정적일 거라고 해도 결국엔 긍정의 결로 변하는 기적 같은 찰나가 있지. 만났을 때부터 쓰여지는 새로운 우주. 서로 합의해서 가능한 방향으로 갈 수 있다는 확신만 있으면 되는 것 같아. 그 힘든 과정 안에도 우주가 있거든. 어떤 연인, 친구, 생명체를 만나도 마찬가지야. 당연히 힘들지. 우리는 모두 다르니까. 그저 서로 관심을 두고 사랑하느냐가 중요해. 아끼고 사랑하자, 힘껏.

From 제야

너를 처음 만난 날

너를 만나러 가는 길이 울고 있었다.
곧게 나 있던 풀도 굽어 지낸다.
굽은 풀처럼 이러저리 돌고 도는 너의 첫 걸음걸이에
슬픔을 억누르며 웃었다.

굽이쳐 엉킨 생존의 신호라 읽었다.
간신히 고개 들어 묻혀낸 첫 콧 땀이 아직도 시큰하다.
혀의 날쭉거림이 나의 뒷목을 비추며
그 눈이 내게 물었다.

오늘의 하늘색은 뭡니까?

생전 처음 만난 계단을 턱으로 도장 찍으며
우리는 잘 살아낼 것을 약속했다.
매일 다른 하늘색을 물으며 살자.

회색 인간에게 온 회색 고양이:
조건부 사랑의 유한성

　예측 불가한 사고처럼 두부는 일종의 사고였다.

　낯선 동네를 탐방할 때 자연환경만큼이나 길고양이 급식소를 유심히 본다. 이전에 살았던 동네도, 새로 이사 온 동네도 모두 길 위의 생명들에게 친절하다. 지금 사는 동네엔 각각의 구역마다 고양이들을 챙겨서 돌봐주시는 분들이 있어서인지 동네 고양이들은 사람을 피하지 않고, 대부분 한쪽 귀에 TNR(중성화 수술) 표식을 갖고 있다.

　푸코와 여느 때처럼 산책하던 중 흰 고양이를 만났다. 유기가 아닌 차라리 유실이길 바라는 두부와 닮은 흰 고양이였다. 보통 우리가 생각하는 얼룩덜룩한 '길고양이' 이미지와는 사뭇 다른 하얗고 마른 길고양이. 먼지를 잔뜩 뒤집어쓴 꾀죄죄한 고양이의 회색 털 사이로 한때는 집고양이였던 흔적들이 남아 있었다. 우리 두부의 첫인상도 저랬을까.

　우리집 흰 고양이는 화실 상가 계단에서 발견됐다. 대학가 원룸이 밀집한 지역에서는 학기가 끝날 때쯤이면 예쁜 품종묘들이 떠돌아다니는 걸 어렵지 않게 볼 수 있다. 파랗고 노란 눈을 가진 두부도 그중 하나였다. 먼지로 위장한 채 거의 회색 털을 가진 고양이는 제야에게 구조되었다.(사실 구조라기보단 두부의 마지막 선택에 가깝다.) 꽤 늦은 시간이었지만 고양이는 난생처음이었던 그도 선뜻 회색 고양이를 들일 수가 없었다. 그는 두부에게 밥을 사러 오는 동안 그대로 있으면 녀석을 책임지겠다는 조건부 공약을 내세웠고, 두부는 그 계단에 한참을 앉아있었던 덕분에 결국 식구가 되었다.

　사람 손을 탔던 고양이는 한동안 겁에 질려 있었다. 길 위에서 어떤 생활을 한 건지 의문투성이인 녀석은 화실 창고 구석에 들어가서 도무지 나올 생각을 하지 않았다. 처음 한 달 동안 두부는 캣타워 생활을 거부하고 제야와 서로를 난로 삼아 패딩 속에서 매일같이 함께 잤다.

그래서인지 두부는 여전히 심장 박동에 등을 대는 것을 좋아하고 겨드랑이와 가슴팍에 파묻혀 있는 걸 사랑한다. 숙면의 시간이 찾아오면 여전히 두부는 힘껏 침대 위로 뛰어올라 반려인의 겨드랑이를 파고든다.

주고받은 온기 덕에 회색 털의 마른 고양이는 새하얀 털을 가진 뚱뚱 고양이가 되었다. 우리집에 놀러 온 이들은 새하얀 뚱뚱 고양이를 예뻐해 주었다. 간식을 한아름 사 들고 와 불러도 대답 없는 두부 이름을 열심히 부른다. 아마 두부도 처음 반려인을 만났을 때 작고 새하얀 조그만 오드아이의 예쁜 고양이였을 것이다. 그리고 주인과 주인 친구들 모두 고양이 사진을 찍겠다고 온갖 간식과 사랑과 애정을 주었을 것이다. 어느 날 그는 더는 작고 예쁜 고양이를 키울 수 없는 '피치 못할' 상황이 되었고, 고양이는 버려졌다.(수소문 끝에 반려인을 찾았으나, 그는 더 이상 키울 수 없다는 의사를 밝혔다.)

조건부 사랑과 애정의 결말은 유기였다. 길 위의 생활이 처음이었던 두부는 점차 못생겨졌고 아팠다. 그때의 기억 때문인지 두부는 작은 소리와 움직임에도 유독 예민하다. 양쪽 눈의 색깔이 다른 오드아이는 태생적으로 청력이 안 좋다고 하는데도 녀석은 푸코만큼이나 작은 자극에 크게 반응한다.

처음 두부를 우리집으로 데려오던 날, 녀석은 침대 밑으로 숨어 반나절이 넘도록 나올 생각을 하지 않았다. 어쩌면 또다시 버려지는 것 같다는 서글픈 예감이 들었던 걸까. 침대 밑에 있던 두부를 한참 설득한 끝에 두부는 볕이 따사로운 집으로 이사했다. 결과적으로 거실을 소리 없이 거닐며 마당의 새들을 구경할 수 있는 고양이가 되었다.

유기동물들이 유기 혹은 파양되는 이유는 천차만별이다. 털이 빠져서, 나이가 들어서, 이사를 해야 해서, 아기가 생겨서, 가족이 싫어해서 등등. 여태껏 본 가장 최악은 '애교가 없어서…'. 이유는 수천 가지고 결말은 '버리기'로 종결된다. 조건부 사랑의 결말은 예견된 슬픔이다. 하긴 사람 식구도 버리는 세상에 말 못하는 동물 하나 버리는 게 대수랴. 그렇게 H대 학생이 조건부 사랑을 끝내버린 덕에 두부는 나의 우주로 들어왔다. 내 인생에 고양이라니!? 푸코가 예견된 사건이었다면, 두부가 내 삶에 나타난 건 정말 사고 같았다.

그런데 삶은 사건, 사고의 뒤범벅 속에서 고유한 파동에 의해 다채로워진다. 어느 여름날 초등학생 아이들이 어미가 버린 고양이 한 마리를 구조한 사건이 있었다. 이미 아픈 강아지가 한 마리 있었던 나는 이를 외면했다. 고작 할 수 있었던 일은 아이들을 데리고 동물병원으로 가서 비용을 지불해주는 것이었다. 보통 동물병원에서는 길 위 동물들을 잘 받아주지 않는데 딱한 사정을 들으신 마음 좋은 수의사 선생님께서 죽어가던 생명을 받아주셨다.

응급치료를 마치고 아이들은 탈수 증세 때문에 300g밖에 나가지 않는 고양이를 신발 상자에 넣어 안고 한참을 돌아다녔다. 워낙 길 위의 동물들이 많을뿐더러 한 생명을 거둔다는 것의 무게감을 '아는' 대부분의 어른은 각자의 사정으로 아이들의 요청을 거절했다. 해가 기울고 자정이 다 돼가던 무렵 아이들은 정말 운이 좋게도 따뜻한 아가씨를 만났고, 죽다 살아난 고양이는 멍멍이 친구와 새로운 가족을 꾸렸다는 소식을 들었다. 조건부 사랑이 어린이들에게는 무색해진다. 어린이들도 아는 그 무조건, 무모한 사랑을 왜 어른이 되면 외면하게 되는 건지. 어린이들의 손길 덕분에 또 하나의 우주가 생을 연장하고, 식구를 만났다. 그날 아이들의 하루는 학원에 앉아있던 그 여느 때보다 훨씬 붉게 물들었을 것이다.

여름날의 사고.

회색 인간인 나에게도 사고처럼 회색 고양이가 왔다. 두부가 점점 하얀 때깔을 뽐내는 걸 볼 때마다 흐뭇한 건 나 역시 내 본연의 색을 찾아가는 중이라는 증거처럼 느껴져서일지도 모르겠다.

두부의 첫마디

"집을 떠난 소리는 절대 돌아오지 않아."

"지도에는 시간이 없어."

"너의 여백은 나와 같구나."

성견과 성묘의 합사 질적 연구 I: 개에게 물었다

푸코와 두부가 함께 한 지 두세 달이 지났다. 푸코가 진공 상태의 두부에게 적응하는 동안 두부는 공간과 관계들에 적응했다. 자기 영역에서 꼼짝하지 않던 두부는 어느덧 거실과 안방을 드나들고 햇살 좋은 곳들을 구경하고, 꽃내음을 탐방한다. 둘 다 미스터리한 과거를 안고 있는 성견, 성묘인 상황에서 합사를 하니 나름대로 걱정이 컸다. 조금 늦은 감이 있으나 둘에게 물어본다.

🙂 : 자기소개 간단히 부탁드립니다.

🐶 : 안녕하세요. 저는 김푸코이고 나주 김씨입니다. 나이는 정확히는 모르겠어요. 보호소 두 곳 정도 생활하다가 지금 서울에 정착했습니다.

🙂 : 꽤 여러 곳을 전전하다가 정착한 걸로 아는데 어떻게 지내고 계세요?

🐕 : 어릴 때의 기억은 정확히 나지 않지만 부산 쪽이었어요. 그런데 뭐 보신탕집도 가고 산에 버려지기도 하고 나주 보호소 독방에서 지내다 안락사 하루 전에 구출되었습니다. 제가 그때 워낙 예민하고 성질이 고약해서 아무도 안 데려가려고 했어요.

참 그때를 돌이켜 보면 왜 그랬나 싶어요. 지금은 사람들과도 잘 지내고, 다른 개들하고도 잘 지내는 편이에요. 어릴 때 없이 자라서 그런지 여전히 식탐이 좀 강하긴 합니다.

🙂 : 최근에 집에 새로운 구성원이 생겼는데 어떠세요? 힘든 점은 없으세요?

🐕 : 아, 두부 님이요? 당연히 있죠. 자꾸 저랑 눈이 마주치면 손톱을 세워서 때립니다. 저는 그냥 지나가고 있었거든요! 너무 억울해요. 아니 자기가 딴 데로 지나가든가! 아, 그리고 하나 더 있는데 아시다시피 제가 후각이 진짜 예민한 편이에요. 또 좀 깔끔한 편이라서 가족들이랑 생활하는 집에서는 절대 볼일을 안 봐요. 아니 근데 그 새로 온 분은 자꾸 집에다 똥 싸고 오줌 싸고 합니다. 뭐 덮으려고 하는 거 같긴 하던데 하, 그래도 소용없어요.

제가 진짜 개코거든요. 뭐 바로 치워주면 상관없는데, 사람이 없을 때 똥이나 오줌을 싸면 좀 힘들어요, 솔직히. 인간이 가끔 장난친다고 그분 똥을 저한테 들이미는데 진짜 정색하게 된다니까요. 가끔 뭔가 맘에 안 들거나 심기 불편할 때는 은밀한 곳에다 볼일 보고 시치미 뚝 떼고 있더라고요, 참 나!

🧑 : 힘든 점도 있지만 나름대로 재미도 있을 것 같아요.

🐶 : 아무래도 인간이 나가고 나면 집에 혼자 있는 시간이 많은데, 저한텐 혼자 있는 시간도 꽤나 중요하거든요. 처음엔 다른 누가 있으니까 불편하더라고요. 그런데 뭐 둘이 아주 친하지도 않고, 그분도 잠자기 바빠서 그런지 그냥 서로 자는 거 보고만 있다가 또 잠이 듭니다. 저보다 잠이 많은 건 처음 봤어요. 아, 그런데 적적한 게 좀 줄어든 거 같아요. 두부 님도 그렇게 생각하지 않을까요? 나만 그런가?

그리고 진짜 좋은 점이 하나 있어요. 얼마 전에 인간 친구가 맛있는 간식을 사다 줬거든요. 인간이 그걸 높은 데다 항상 올려두고 나가요. 그럼 저는 뭐 어차피 못 먹으니까 인간이 올 때까지 기다리는데 두부 님은 생각보다 행동파더라고요. 슥슥 올라가서 간식을 떨어뜨려 줘서 그날 엄청 포식했어요. 와, 뭔가 쓰레기통을 뒤져 먹을 때보다 스릴도 있고 맛도 있고 좋았어요. 근데 요샌 좀 뜸하네요.

음, 또 두부 님이 야옹거리면 인간이 간식을 줘요. 왜냐면 두부 님은 포기하지 않고 줄 때까지 소리를 내거든요. 그때 후다닥 가서 기다리고 있으면 저도 하나 정돈 주더라고요. 그래서 좀 간식을 자주 먹는 게 좋다? 뭐 이 정도일 거 같네요. 얘기하고 보니까 좋은 점도 많네, ㅎㅎ.

👧 : 두 분이 집에 있으면 주로 뭘 하세요?

🐺 : 아무래도 좀 조용한 시간을 즐기고 싶어서 잡니다. 둘 다 잠이 많은 편인데, 인간이 있으면 부스럭거리는 소리에 숙면하긴 어렵죠. 다행히 두부 님도 잠이 많더라고요. 인간이 나가면 둘이 시원한 바닥에 배 깔고 푹 잡니다. 그래야 좀 피로가 풀려요. 그리고 둘 다 자기 시간을 갖는 게 중요한 편이라 딱히 같이 특별한 걸 하진 않습니다.

잠을 안 잘 때는 가끔 이런저런 얘길 하긴 해요. 뭐 "니 밥은 어떠냐?" 주로 이런 얘길 합니다. 의외로 둘이 관심사가 좀 비슷해요. 굳이 꼽자면 '반려인간, 밥, 잠' 이게 주로 저희 대화의 키워드예요. 그런데 얘기하다 보면 두부 님은 인간을 두 발로 다니는 큰 고양이라고 생각하는 것처럼 보여요. 음, 대화하다 가끔 벽이 느껴질 때도 있긴 해요. 가끔 꼬리 쳐들고 오면 진짜 무서워요. 또 때리고 혼자 높은 데로 올라갈 거 같아요. 그나마 요즘은 무슨 말을 하는지 알 것 같기도 하면서 여전히 어려워요. 인간으로 치자면 한국인이 스와힐리어 배우는 그런 느낌 아닐까요? 그리고 자거나 쉬고 있으면 자꾸 누가 쳐다보는 기분도 들어요. 기분 탓이겠죠?

👧 : 인간(반려인)은 두 분의 상황을 어떻게 중재하고 계신 가요?

🐺 : 인간이 뭐 저희의 고충을 알겠어요? 아마 자기도 힘들걸요. 사실 두부 님이랑 저랑 라이프스타일이 좀 달라요. 저는 하루에 그래도 두 번은 외 출해야 볼일도 보고 기운도 나고 사회생활도 하거든요. 그래서 비가 오나 눈 이 오나 인간이랑 저는 외출을 나가요. 저는 그때가 제일 행복하거든요. 그런 데 두부 님은 밖에 나가는 걸 본 적이 없어요. 집안에서 움직이는 것도 거의 못 봤어요.

대신 밤에 주로 돌아다니는 거 같은데 또 자기 전에 계속 여기저기 만져줘 야 자요. 아, 그런데 또 아침에 엄청 일찍 일어납니다. 처음에는 해도 안 떴는 데 새벽에 막 밥 달라고 야옹거리더라고요. 와, 제가 진짜 조용한 편이거든 요. 저는 진짜 소리 내는 일이 없는데 두부 님은 정말 엄청나게 야옹거려요. 인간이 반응할 때까지 '야옹' 하니까 저희 집 인간이 게으른데도 어쩔 수 없이 일어나더라고요. 저도 좀 따라 해볼까 봐요. 아무튼 인간도 두부 님이랑 적 응하느라 좀 피곤해 보이긴 했어요.

: 앞으로 어떻게 지내고 싶은지 계획을 세워놓은 게 있으신가요?

: 어차피 계획 세워봤자 다 부질없다는 걸 알아요. 저는 여러 사건을 통해 온몸으로 경험했어요. 제가 서울 한복판에서 인간이랑 살 거라고 예상이나 했을까요? 그냥 해가 뜨고 달이 뜨는 걸 보면서 '오늘 하루 잘 놀았다.'라는 생각이 들면 좋더라고요. 지금처럼 즐겁게 잘 먹고 잘 자면서 지냈으면 좋겠어요.

두부 님한테 가끔 놀자고 하는데 거절당하는 게 부지기수예요. 그래도 뭐 각자의 차이를 인정해야 즐겁게 지내겠죠? 그리고 두부 님 간식이 기름지고 고기로 되어 있어서 정말 맛있어요! 가끔 얻어먹어도 되겠죠? 또 저도 표정 변화가 별로 없는 편인데 두부 님은 진짜 포커페이스라서 무슨 생각하는지 잘 살펴봐야 해요. 아, 물론 이젠 눈이 잘 안 보이긴 하지만, 제가 맡은 정보로는 좋은 분인 거 같아서 두부 님이 저희와 건강하게 잘 지낼 거 같아요! 근데 두부 님이 개가 아니라는 소문이 있던데 진짠가요?

성견과 성모의 합사 질적 연구 2: 고양이에게 물었다

　고양이 이두부가 어느 정도 집에 적응한 듯 집안을 헤집고 다닌다. 두부와 처음 조우하던 날이 불현듯 떠오른다. 침대 밑에서 두 시간 넘게 나올 생각을 하지 않아 녀석을 한참 설득했던 첫 만남. 그렇게 예민하고 조심스러운 녀석에게 낯선 이들과의 동거는 괜찮은지, 푸코에 이어 두부에게 물었다.

 : 안녕하세요, 잠시 시간 괜찮으세요?

🐱 : 네.

 : 자기소개 간단히 부탁드립니다.

🐱 : 저는 이두부입니다. 고양이죠. 털이 하얘서 두부입니다.

👧 : 잘 어울리는 이름이네요. 지금 바빠 보이세요.

🐱 : 아, 아직 여길 좀 탐색 중이라서요. 창문이 많아서 어디가 누워 있기 최적인지 따져보고 있어요.

👧 : 창문을 좋아하시는군요!

🐱 : 네, 제가 밖을 내다보는 걸 좋아합니다. 움직이는 건 다 좋아하는 편인데 여기는 저를 자극하는 게 많네요. 안 보려고 해도 자꾸 시선이 가서 저도 모르게 그만. 그리고 햇빛 들어오는 데 눕는 걸 좀 선호해서요. 따뜻한 걸 좋아합니다.

👧 : 이전에 높은 집에서 생활하다가 저층으로 왔는데, 생활은 어떠세요?

🐱 : 제가 원래 높은 곳을 좋아하는데 생활 자체는 크게 바뀐 게 없어요. 이전에는 날아다니는 새를 보는 걸 좋아했죠. 가만히 있는 물체보다는 움직임이 있는 걸 좋아하거든요. 이런저런 외부 환경보다 식구가 많아진 게 차이일 수 있겠네요.

👧 : 아, 원래 혼자 생활하셨나요?

🐱 : 전엔 늦게 퇴근하는 인간 하나랑 지내서 낮에 정말 조용했어요. 혼자 있는 시간이 꽤 길었죠. 그래서 높은 데 올라가서 창밖을 보거나 굴러다니거나 뭐 자거나 하는 시간이 대부분이었어요. 이럴 줄 알았으면 그때 많이 자둘 걸 그랬네요.(웃음)

👧 : 이사하고 식구가 많아져서 변화들이 있을 것 같아요.

🐱 : 지금 같이 사는 인간도 좀 조용한 편이에요. 말이 별로 없고 저처럼 누워 있는 거 좋아하고 집 밖에 잘 안 나가더라고요. 화장실 잘 치워주고, 밥 챙겨주고, 잘 쓰다듬어주니까 크게 불만은 없어요. 그런데 저희 집에 푸코 님이 있어요. 개죠. 개랑 살아보는 건 처음이에요. 인간이랑 고양이를 구분할 때도 시간이 꽤 걸렸었거든요. 인간은 그래도 털도 별로 없고 두 발로 다니니까 좀 구분이 되는데, 처음엔 푸코 님이 개라는 걸 알아차리는 게 쉽지 않았어요.

👧 : 얼핏 보니까 푸코 님이 두부 님을 꽤 좋아하는 것처럼 보여요.

🐱 : 좋아한다고요? 정말 귀찮아요. 치대고 들이대요. 보니까 개 자체가 나쁜 개 같진 않은데, 제 간식을 계속 훔쳐 먹더라고요. 심지어 제 화장실

모래도 가끔 훔쳐 먹어요. 으~ 더러워. 그게 좀 짜증나서 제가 몇 번 때렸어요. 그러면 안 되는 거 저도 아는데, 너무 갑작스레 들이대고 막 푸다닥 오니까 저도 모르게 그만. 그분이 왜 그런지는 모르겠지만 계속 엉덩이를 들이밀고 이러는데 저는 내향적인 편이거든요. 처음에 그 선을 정하는 게 좀 힘들었어요. 추측건대 저나 인간을 개라고 생각하는 것 같아요.

🙂 : 그렇지 않아도 아까 두 분 촬영한 사진들 정리하다가 깜짝 놀랐어요.

🐱 : 나름 방긋 웃은 거였는데, 푸코 님은 저보고 포커페이스라고 하더라고요. 무슨 생각하고 있는지 모르겠다나. 제가 보기엔 그분도 썩 표정이 많아 보이긴 않거든요. 입을 벌리고 혀를 내밀거나, 입을 닫고 있거나 둘 중 하나 같던데. 그나저나 제가 사진 찍으면 좀 어색해져요. 나름 신경 써서 찍은 거예요. 그리고 뭐 꼭 사진에서 웃고 있어야 하나요. 항상 잘 나올 필요도 없죠. 기쁜 일도 없는데 웃는 게 더 이상한 거 같아요. 자연스럽게 찍히고 싶어요. 가식 없이. 근데 이거 얼마나 더 해야 하나요? 자야 할 시간이에요.

🙂 : 아직 오전인데요? 얼른 끝낼게요. 원래 성격이 되게 예민했다고 들었어요. 지금도 사실 꽤 조심스러워하시는 게 느껴지고요.

🦊 : 원래 성향도 좀 얌전하고 차분한 편이에요. 움직이는 거보단 누워 있는 게 좋고. 또 막 시끄럽고 붐비는 거보단 조용한 게 좋아요. 그런데 잠깐 길 위에서 생활한 적이 있어요. 집 밖은 정말 흠, 그때 생각하고 싶지도 않네요. 대재앙이 펼쳐졌습니다. 어릴 적부터 인간들하고만 지내다가 맞닥뜨린 야생이란... 밖에선 내가 온전히 스스로를 지켜야 하니까 아직도 그때 습관이 남아서 예민해지고 작은 소리나 움직임에도 흠칫 놀라곤 해요. 낯선 냄새, 소리 다 경계하게 되고요. 그래서 푸코 님이 갑자기 확 나타나면 저도 모르게 무조건 반사적으로 손이 먼저 나가요.

👩 : 보기엔 되게 도도하고 우아한 느낌도 있어서 고생 같은 건 안 겪어 보신 줄 알았어요. 혹시 마지막으로 하고 싶은 얘기 있으세요?

🦊 : 자러 갑니다. 저는 자고 일어나야 우아하고 예쁘다는 걸 제가 압니다. 그리고 자고 일어나야 배가 고프니까 또 뭔가 먹을 생각에 설레어 얼른 먹고, 또다시 자야 합니다. 사실 저도 동물 생태계에서 뭘 해야 한다든가 저의 역할이나 소명 같은 걸 생각해 본 적이 있는데, 막상 하고 싶은 게 없어요. 뭐라도 안하면 지구가 무너질 듯이 아등바등하는 인간들에게 저의 게으름을 나눠주고 싶습니다. 사는 게 원래 무목적적인 거 아니겠어요?

같이 사는 인간도 마찬가지더라고요. 삶은 누구에게나 고단하다는데, 솔직히 전 안 고단해요. 물론 길 위에서 방황하던 시절엔 고단하기만 했을 수도 있겠네요. 인간들 모두가 그 당시 저처럼 방황하고 있는 거라면 다들 피곤하긴 할 거 같아요. 그런데 어차피 삶이란 게 다 고단하죠. 확실한 건 우리가 언젠가 죽는다는 거밖에 없는데 방황할 시간에 자기 마음에 닿는 거 하면서 살면 좋겠어요. 답이 없는데, 그 밑 빠진 독에 물 부으면서 물이 안 차는 것 같다고 고민하느니 흘러넘칠 정도로 채워버리면 되지 않을까요? 그런데 이 독, 저 독 채우려고 욕심 부리니까 분주해지기만 한 걸지도 모르겠네요. 제 반려자들만이라도 분주하게 삶을 쪼개서 보지 않길 바라야죠.

아, 그리고 푸코 님도 저처럼 길 위의 시절이 있어서 그런지 제가 좀 예민하게 굴어도 많이 이해해 주시더라고요. 확실히 고생해 본 티가 나요. 감사하다는 말씀 대신 전해 주세요. 안녕히 가세요.

Happy Travel

이 모든 것이 어떤 경계에 놓여진다면
그것이 가장 아름다울 것이라는 기대.

사람 사이+사랑 사이+나무 사이+개와 고양이 사이+
호흡 사이+상상 사이+현실 사이+바람 사이

모든 것이 경계에 위치하면
갈등은 제거될 것이다.

오늘 아침
고양이가
'Happy Travel'이라고 적힌 수첩을 흔들었다.

살아내는 것은 버텨내는 것이라
으름장 놓았던 내가 부끄럽구나.

멍멍이 명명에 관한 해명

장 미셸 김푸코. 사람들에게 우리집 개의 이름을 말하면 십중팔구는 "왜 김푸코인가요?"하고 되묻기에 설명을 꼭 덧붙여야 했다. 녀석의 이름은 책 〈감시와 처벌〉로 알려진 '미셸 푸코'에서 출발했다. 푸코를 구조한 제야는 철학을 사랑했기에 우연히 만난 개에게 듣도 보도 못한 이름을 안겨주었다. 'Michel Foucault'라는 이름은 철학에 어울리지만, '푸코'라는 이름은 왠지 살짝 얼빵한 표정을 지닌 멍멍이에게 잘 어울렸다.

푸코의 이름은 전혀 받침이 없음에도 불구하고 생각보다 발음하기 어려웠다. '푸~'하고 공기를 뱉어낸 후 재빠르게 '코!'하고 공기를 흡입해야 이름을 제대로 부를 수 있었다. 그래서 사람들은 온갖 독특한 이름으로 푸코를 불러주었다. 푸첸, 쿠쿠, 쿠키, 푸쿠, 초코, 포코 등 파열음의 자음 초성 두 자가 모여 새로이 명명됐다. 그렇게 우리 할머니에겐 '초코'가 되었고, 엄마에겐 푸코라는 빠른 발음이 어려워 '푸우코'가 되었다. 아빠는 '푸코'와 '코코' 그 경계를 적당히 뭉뚱그려 부른다. 초코든 푸우코든 푸코코든 누렇고 식탐 많은 강아지는 똑같았다.

비록 '푸코'는 발음하기 어렵지만 글을 읽다가 맥락 없이 웃는 상황들이 생기곤 했다. 푸코와 만나기 전 나 역시 '푸코'라는 철학자가 있다는 사실만 인지하고 있다가 푸코 덕에 그의 철학과 빛나는 머리와 미소를 제대로 찾아보게 되었다. '미셸 푸코'의 책은 여기저기 많이 인용되는데 사뭇 진지하고 고민해서 읽어야 하는 구간에 '푸코의 말에 의하면…' 같은 문구가 나오기도 한다. 그러면 한참 심각한 맥락에 우리집 누렁이 얼굴이 오버랩되면서 '우리 푸코가 이렇게 똑똑하게 말했을 리 없는데…'라는 생각이 비집고 나온다. 생각이 잠시 끊겨버리지만 덕분에 멀게만 여겨지던 책도 가깝게 느껴진다.

우리나라 강아지 이름 순위

1위 코코 16,391마리
2위 보리 15,116마리
3위 콩이 13,721마리
4위 초코 13,387마리
5위 두부 9,244마리

〈2021 한국반려동물보고서〉(KB증권)

'우리나라 강아지 이름 순위' 조사에 따르면 코코와 초코가 각각 1위와 4위를 차지하는데, 푸코는 코코도 아니고 초코도 아니었다. 그래서 사람들이 늘 물었다.

"이름이 왜 푸코예요?"

"아, 프랑스 철학자 이름에서 따왔어요."

사람들의 반응은 "아하, 처음 듣는 철학자예요!"라는 쪽과 "아, 그 푸코!"라는 쪽으로 갈렸다.

한 번은 자주 산책하던 곳에서 푸코 이름의 유래를 말하다가 너무하다는 핀잔을 들었다. 산책하다 보면 비슷한 시간대에 마주치는 이들이 있는데, 우연히 대학 강단에서 학생들을 지도하시는 분과 담소를 나눴고, 그녀 역시 물었다.

"강아지 이름이 뭔가요?"

"푸코예요."

"거참 너무한 주인이다. 그지?"

라며 푸코에게 나를 나무랐다. 겸연쩍은 웃음을 짓고 집으로 돌아섰다.

짧은 대화는 예상치 못한 생각을 촉발했다. '내가 만약 푸코를 처음 만나서 이름을 지어야 한다면 뭐로 하지?' 한 번도 생각지 못한 고민에 한참을 고민했다. 우리가 처음 인연을 맺었을 때부터 푸코는 도통 '푸코'라는 이름 외에 다른 이름을 연상할 수 없었다. 신선한 고민에 지인들의 강아지 이름을 떠올렸다. 스카, 콩심, 벼리, 똘이 같은 이름부터 구찌, 돼지, 다비까지 개성 강한 이름들이 있었다. 이름의 형태는 제각각이지만 하나같이 반려견에 대한 사랑은 듬뿍 묻어 있다. 그리고 놀랍게도 대부분 개와 이름이 묘하게 맞아떨어졌다. 아마 푸코를 처음 만나 푸코의 이름을 짓는다면 누런 털을 보고 망고, 호두, 버터 같은 누렁 계열의 이름을 붙여주었을 거란 추측을 해본다.

상대에게 이름을 부여한다고 생각하니 이름을 부르는 행위보다 더욱 신중해졌다. 지인들이 새로 맞이한 자녀의 이름을 지을 때 온갖 염원을 담아 짓는 것을 종종 보았다. 예비 부모들은 좋은 이름을 찾아 주변인들에게 묻기도 하고 용한 작명소에 찾아가기도 했다. 방법은 제각각일지라도 그들은 새 생명을 위해 부르기 예쁜 소리와 한 글자 한 글자 꾹꾹 눌러 담은 의미를 섞어 최상의 이름을 조직했다. 이름은 부모가 가장 처음으로 선물하는 세상과의 연결고리이기에, 세상에 '존재'한다는 걸 인정하는 증거인 셈이며 부모로부터 부여받은 이름은 아기의 정체성을 정당화시킨다. 과거엔 아무나 족보에 이름을 올릴 수 있는 게 아니었고, 족보에 이름이 '쓰임'으로써 개인은 비로소 공동체의 일원이 되기도 했다.

하지만 이름을 갖게 되는 것만큼이나 이름이 불리는 것의 의미는 지대하다. 타자가 이름을 불러주지 않는다면 그의 존재는 희미해진다. 관계 속에서 이름은 다시금 존재한다. 나의 강아지도 '푸코~'하는 타인의 목소리에 반응하며 누렇고 묵직한 꽃이 된다. 누군가의 명명에 푸코는 음성언어 대신 온몸으로 답한다.

결국 이름을 불러준다는 것은 어떤 의미인가. 각자에게 고유성을 확인하는 일이자 서로의 존재를 인식하고 인정하는 일이다. 수많은 슈퍼돼지 중 미자가 옥자의 이름을 부르는 행위를 통해 옥자는 특별해진다. 그러기에 반려동물을 맞이하는 가정은 고민 끝에 네발 달린 새 식구의 이름을 짓고 부른다. 특별하고 고유한 사랑이 끝까지 함께하길 바라며 푸코 옆의 두부를 불렀다. 여지없이 두부는 간식을 손에 든 반려인의 음성에만 반응한다.

"냐—옹!"

나는 차라리 배부른
돼지개가 되겠다

너무나도 다른 우리집 녀석들은 포유류라는 것 외에 공통점이 몇 개 있다.

'네발로 걷는다.'와 '식탐이 대단하다.'

특히 푸코는 먹기 위해 태어난 건 아닌가 싶을 정도로 엄청난 식탐을 지녔다. 어릴 적부터 길거리를 배회하며 고생한 탓일 거란 생각에 측은히 넘긴다. 지나친 식탐 덕에 녀석을 훈련하기는 쉽지만, 간혹 먹는 것 앞에서 반려인도 못 알아보는 녀석을 보면 어처구니없을 때가 한두 번이 아니었다. 광고에 나오듯이 따스한 햇볕 아래서 개와 여유로이 산책하는 건 환상이라는 걸 깨달으며, 산책하는 내내 혹시나 무얼 주워 먹진 않을지 매의 눈으로 녀석의 주둥이를 감시한다.

녀석이 산책 중 길을 멈추고 5초 이상 코를 처박고 있으면 필시 무언가 흥미로운 물체가 존재했다. 썩은 개구리 사체라든지, 말라비틀어진 다른 집 개똥이라든지, 그리고 닭뼈라든지. 선선한 날씨의 주말이 지나고 나면 사람들이 먹다 버린 치킨 뼈가 공원 여기저기에 은신하게 된다. 개에게 닭뼈는 치명적인데 녀석의 입에 물린 뼈를 발견하고 기겁해서 뺏으려다 녀석에게 물릴 뻔한 적도 있다. 그저 없이 자란 유년기에 대한 원망에 원망을 더하며 간신히 넘기지만 말 나온 김에 묻는다. 공원에서 치킨 먹고 왜 그냥 버리고들 가는가.

푸코의 식탐은 다른 경쟁자(?)가 있으면 그 진가를 더욱 발휘했다. 친구 스카(남, 45kg, 검은 털)와 함께 있을 때 둘 앞에 나란히 간식을 놓아주면 푸코는 스카 것을 먼저 먹고 자기 걸 먹었다. 덩치만큼이나 착한 스카는 푸코에게 간식을 뺏기고도 얌전히 기다린다. 푸코와 달리 어렸을 때부터 풍족하게 자라서 그런 걸까, 아니면 스피츠류인 푸코와 달리 리트리버라는 순한 유전자가 섞여서 그런 걸까. 녀석은 반려인의 부름을 못 알아듣는 '척'하다가도 '맛있는 거', '간식', '먹을까?'라는 말에 반응한다. 평소엔 아무리 열심히 불러도 오지 않는 개푸코.

언젠간 그의 식탐에 대해 한번 짚고 넘어가려고 벼르던 중 사건이 터졌다. 평소 얌전하던 푸코가 두부를 향해 짖으며 괴롭히는 못된 순간이 찾아온 것이다. 푸코와 두부 둘 다 마음 넉넉하고 느릿한 녀석들이라 별 탈없이 합사했다고 생각했건만, 두부가 캣타워에서 내려오려고만 하면(두부는 오전 중에 거실을 돌아다니거나 소파에 누워서 잔다) 푸코가 두부에게 입질을 하며 두부를 괴롭혔다. 두부도 마냥 당하고 있는 성격은 아닌지라 발톱을 잔뜩 세우고 푸코 콧등을 휘갈겼다. 오 마이 갓.

경계하며 짖는 푸코의 낯선 모습이다. 이전에 공동거주지에 살았을 때 이웃들이 개를 키우는지 몰랐다고 할 정도로 조용한 푸코가 그렇게 온 몸통으로 짖는 일은 흔치 않았다. 쫄보 김푸코가 남을 공격하다니. 며칠간 푸코는 푸코라는 이름에 걸맞게 캣타워 앞에서 두부를 감시했고, 덕분에 두부도 푸코도 나도 스트레스를 받으며 피로감을 느꼈다. 아마 자기 영역을 자유로이 오가지 못한 두

부의 스트레스가 무지막지했을 것이다. 원인을 파악해야
했다.

　나름 개의 시점에서 세 가지 정도의 가설을 세우고 두
부의 캣타워를 옮겨봤다.

　가설 1. 푸코는 두부가 집안을 돌아다니는 걸 싫어한다.
　가설 2. 푸코는 두부의 방이 자기 영역이라고 생각하고 두부가
영역을 침범하는 걸 싫어한다.
　가설 3. 푸코는 두부가 밥을 먹는 걸 질투한다.

　첫 번째 가설 '푸코는 두부가 집안을 돌아다니는 걸 싫
어한다.' 갑작스러운 두부와의 합사로 인해 푸코가 스트
레스를 받은 건지 걱정됐다. 인간의 편의 때문에 노령의
이종을 억지로 한 공간에 둔 건가 싶어 후회가 밀려왔다.
가장 유력한 가설을 확인하기 위해 두부의 캣타워를 거
실 베란다로 옮겼다. 두부는 푸코를 피해 소파 사이를 자
유롭게 오갔다. 푸코의 감시 때문에 활동성을 잃을까 걱
정했는데 다행히 누런 개를 가소로이 여기며 집안을 조

용히 잘 돌아다녔다. 푸코가 집착한 것은 두부가 아니었던 것으로 판단됐다. 다시 우리의 조용한 일상으로 돌아가는 듯 보였다. 물론 하루 정도.

정작 문제는 푸코였다. 침묵을 좋아하는 원래의 푸코로 돌아가 더 이상 짖는 행동은 멈췄으나 녀석은 두부 없는 두부 방에서 도저히 나올 기미가 안 보였다. 심지어 녀석은 잠도 두부의 공간에서 자고, 반려인을 졸졸 쫓아다니다가 반려인이 거실에 자리 잡으면 다시 두부의 방으로 돌아갔다.

두 번째 가설이 세워졌다. '푸코는 두부의 방이 자신의 영역이라고 생각하고 두부가 영역을 침범하는 걸 싫어한다.' 푸코가 다른 개에 비해 고양이 같은 성향이라는 건 알았지만 여전히 이해할 수 없었다. 우선은 두부의 캣타워와 식기를 잠시 밖으로 꺼내놓으니 푸코와 두부의 영역이 정리된 것 같아 관찰을 재개했다. 마침내 분리 후 첫 식사 시간이 되었고, 모든 상황이 이해되며 두 번째 가설도 틀렸다는 걸 확인했다.

진실은 이러했다. 하루에 두 번 듬뿍 식사하는 푸코와

달리 두부는 소량으로 여러 번 식사한다. 두부는 자율급식을 하는 여타 고양이들과 달리 한꺼번에 많이 사료를 주면 주는 대로 다 먹어버리기에 횟수를 나눠줘야 했다. 푸코는 한동안 이를 지켜봤고 참았나 보다. '언젠가 나도 주겠지?'라는 푸코의 기대와 달리 반려인은 두부에게만 사료 급여하는 횟수가 잦았고, 식탐 많은 우리 개는 여기에 단단히 뿔이 났던 것이다. 반려인에 대한 애정 어린 질투라고 포장하기엔, 다른 상황에선 전혀 질투하지 않는 걸로 보아 먹는 게 문제였던 것 같다. 푸코 삶 최고의 역린, 먹을 것.

'왜 쟤만 먹을 거 줘?'

마지막 가설을 입증하고자 푸코에게 먼저 밥을 주고 다음에 두부에게 급여하는 순서로 바꾸자 문제의 실타래가 풀려나갔다. 푸코의 새로운 모습이 당황스럽기도 하고 귀엽기도 하고 우습기도 하다. 이 해프닝을 들은 제야는 "어렸을 때 읎이 자라서 그래."라며 푸코를 안타까워했다. 이건 마치 첫째에게 예상치도 않던 동생이 생긴 기분이랄까. 어릴 적 엄마가 어쩌다 가끔 치킨 너겟을 튀겨

주면 나는 동생 몰래 재빠르게 몇 개를 밥 아래 숨겼다. 남동생은 나보다 6살이나 어렸음에도 누나 못지않은 식탐을 갖고 있었기에, 우리는 식사 시간마다 경쟁하듯 맛있는 반찬을 쟁취했다. 외동으로 자란 친구들에게 유년기의 밥상머리 경쟁 이야기를 해주면 이런 데서 성격 형성이 되는 것 같다며, 어린 동생 걸 굳이 뺏어야 했냐는 핀잔과 함께 혀를 끌끌 찼다. 첫째가 아닌 사람은 평생 알 수 없다. 치킨 너겟을 쟁취하려는 어처구니없는 욕심은 홀로 받던 애정이 어린 동생에게 더 흘러간다는 묘한 질투심에서 비롯된 식탐이라는 것을. 오롯이 혼자 차지했던 애정과 맛있는 시간을 웬 낯선 뚱뚱하고 말도 통하지 않는 털덩이와 나누려고 하니 푸코는 그저 억울하고 속상했을 터.

이렇게 두 자식을 키운 엄마는 마음 따뜻한 엄마답게 푸코의 지나친 식탐이 안쓰럽다며 행동교정치료를 권했다. 먹는 재미로 사는 애한테 먹을 거로 스트레스를 주면 안된다는 말을 덧붙였다. 그러면서 본인도 동생을 처음 집에 데려올 때 나(첫째)에게 어떻게 말해 줘야 할지 고민이 많았다며 공감 아닌 공감을 해주었다. 엄마의 바람대로 푸코의 식탐이 온전히 조절되면 좋겠지만 나는 녀석의 식탐이 강아지로서 적당한 범주 안에 있다고 본다. 반려인의 밥상에 달려들지 않고, '기다려.'를 할 줄 아는 것으로 충분하다.(물론 말라비틀어진 개구리 사체는 사절한다.)

　푸코의 식욕 혹은 식탐은 그의 삶의 원동력일 것이다. 누구나 하나쯤 지니고 있는 삶의 동력이 푸코에겐 '먹는 것'일지도. 산책 후 먹는 간식을 위해 하네스를 꺼내 들면 푸코는 꼬리를 흔든다. 산책 시간보다도 산책 후 먹는 간식을 기다리는 강아지. 유기견보호소에서의 충격 때문에 물을 싫어하면서도 푸코는 간식을 위해 목욕을 꿋꿋이 참는다. 산책이 마무리될 때쯤 특유의 개고집을 부리다가도 '집에 가서 간식 먹을까?'라는 소리에 뱅글뱅글 돌며 꼬리 치는 녀석 덕에 생의 활기를 느낀다. 사람도 엄연히 따지면 먹으려고 살거나 살려고 먹는다. 오죽하면 '먹고산다'라는 말도 있으랴. 보통 식욕을 잃으면 건강과 삶의 의욕도 함께 잃는다. 개나 사람이나 먹는다는 것은 단순히 음식을 섭취하는 것만을 의미하지 않는다. 타인의 정성으로 곡진히 차려진 음식을 통해 섭취한 애정은 새로운 에너지를 발산한다. 외부에서 얻은 에너지는 '먹는' 주체를 통과하여 다른 형태의 에너지가 된다. 그렇게 각자가 발산하는 고유한 에너지로 서로를 보듬고 살펴본다. 그런 의미에서 두 녀석이 늘 배부르길 바란다. 물론 살찌면 늙어서 고생하니까 적당히 먹는 건강한 식습관을 갖기로 하자, 녀석들아.

개털, 고양이털 온
집안에 흩날리며

두부가 동거에 합류하기 전, 푸코의 존재를 아는 이들에게 많이 받은 질문 중 하나가 "개털 많이 빠지나요?"였다. 비록 녀석의 뚜렷한 종은 알 수 없지만 대략 털의 밀도와 모질로 미루어봤을 때 녀석은 일본의 시바견과 사뭇 비슷했다. 시바견이 미디어를 통해 한창 인기를 끌 때였던지라 사람들은 정말 미디어에 비친 것처럼 털이 한 뭉텅이 빠지는지 궁금해 했다. 반복되는 질문에 별다른 대답 없이 건넨 몇 장의 털갈이 사진은 많은 것을 설명했다. 때론 털이 잔뜩 박힌 검은 니트 한쪽 팔을 조심스레 내밀기도 했다.

털갈이 시기의 푸코는 걸어 다니며 온갖 데에 털을 묻히고 다닌다. 그 시기의 녀석은 털이 빠진다기보다 '털을 뿌린다.'라는 표현이 어울린다. 일 년에 두 번 정도 찾아오는 그 시기의 우리의 일과는 '푸코의 털을 빗기고, 빗긴 털을 모아 버리고, 청소기를 돌리며 털을 줍고 침구에 붙은 털을 모으고'의 끊임없는 순환이다. 아무리 열심히 빗기고 청소하고 털을 털어도 문득 콧구멍 속에서 커피잔 안에서 푸코의 털들을 발견한다.

어느 겨울, 결혼식이 있어 검은 코트를 입고 지하철을 탔는데 누군가 뒤에서 조심스럽게 불렀다.

"아가씨, 중요한 데 가나요?"

웬 중년 여인이었다.

"아니오. 무슨 일이세요?"

말쑥해 보이는 이 여인이 나에게 왜 말을 걸었을지 짧은 시간 동안 온갖 생각이 들었다. 이게 말로만 듣던 '도를 아십니까.'인지 고민하며 어떤 말로 거절하고 상황을 면피해야 할지 고민하던 찰나였다.

"아니, 중요한 데 가면 옷에 붙은 개털 좀 떼고 가야 할 것 같아요. 털이 너무 많이 붙어 있어서요…."

"아이고, 네. 감사합니다. 끈끈이 돌돌이로 한번 털고 나온 건데 뒤에 여전히 많이 있나 보네요. 감사해요."

3분 동안 이루어진 머쓱한, 개털에 관한 대화. 간혹 길거리에서 흰 상의에 긴 머리카락이 하나 붙어 있는 여자들을 볼 수 있었는데 그것이 일으키는 생각과 얼추 비슷하다고 추측해 보고 하차했다.

그때부터인가 특히 겨울에는 방문하는 이들에게 '우리집 올 땐 검은 옷 금지'라는 규칙이 생겼다. 푸코는 미용하지 않아도 되는 대신 털갈이 시기엔 어마어마하게 털이 빠졌다. 보통 모질에 따라 미용을 하는 강아지 - 홑겹, 관리 안 하면 길어짐, 푸들, 몰티즈 같은 - 와 하지 않아도 되는 강아지 - 삼중겹, 일정 길이 이상 자라지 않음, 사모예드, 시바 같은 - 두 부류인데 푸코는 후자에 속했다. 삼중겹의 털을 가진 개들은 일정 길이 이상 털이 자라지 않지만 빽빽한 죽은 털을 공중에 흩날린다. 마치 봄철 길거리의 플라타너스 꽃가루처럼. 인간은 하나의 모공에서 두세 번 머리카락이 나면 더 이상 나지 않는다는데 푸코의 모공에선 털이 계절이 바뀔 때마다 끊임없이 뿜어져나온다. 여담으로 나이가 들면서 머리가 많이 벗겨진 아빠는 푸코를 꽤 부러워하셨다.

물론 여기까지는 흩날리는 털의 서막에 불과했다. 두부가 온 이후 고양이의 털 빠짐은 개의 그것과는 차원이 달랐다. 푸코가 시즌별로 털을 뿌리고 다닌다고 하면, 두부는 매일 가늘고 얇고 힘없는 흰 털을 일상으로 만들어 주었다. 고양이털을 빗겨 주다가 한 움큼 빠진 털을 보고 녀석이 어디 아픈 건 아닌지 걱정이 들 정도였다. 세탁소에 옷을 맡기러 가면 세탁소 주인아주머니의 타박을 듣거나 추가 요금을 내야 했다. 그뿐만 아니라 밥이나 간식을 먹다 보면 어느새 입에서 가늘고 흰 털이 느껴졌다.

다만 푸코의 털과 다른 점은 명백하지 않다는 것이었다. 미묘한 두부처럼 두부의 털도 미묘했다. 명확한 '털'을 발견했다기보다 두부의 털은 '이게 있긴 있는 건가?'라는 생각이 먼저 들었다. 실체가 없는 것 같다가도 왠지 모를 불편함에 슥 손가락을 뻗으면 손끝의 아주 미세한 촉감으로 녀석의 털을 확인할 수 있었다.

두 녀석이 집안 곳곳에 털을 뿌리며 지내다 보니 아침은 침구 가득한 털을 털어내는 일과 함께 시작된다. 하루를 마감하고 시작하는 우리의 비무장지대엔 털이 한가 득 존재한다. 털이 일상이 되니 자연스레 생활양식도 변했다. 털이 잘 붙는 모직 옷보다는 미끌미끌한 소재의 옷을 찾게 되고, 이케아에 가면 돌돌이를 하나씩 사 들고 온다. 과거 바닥을 굴러다니는 머리카락을 외면했던 나는 틈만 나면 실리콘 빗자루를 들고 하루종일 온 집안을 쓸며 돌아다닌다. 이젠 어느 정도 털들에 익숙해진 건지 입안에서 털이 느껴지면 살짝 빼고 다시 밥을 먹고, 외출했다가 옷에 붙은 녀석들의 털을 보며 무심코 반려인의 귀가만을 기다릴 녀석들 생각에 피식 웃기도 한다.

자기들을 잊지 말라는 듯 녀석들이 붙여놓은 털은 이처럼 생명체가 자신의 흔적을 나타낼 수 있는 거의 유일하게 분리 가능한 신체의 일부다. 부인이 남편 옷에 붙은 낯선 여자의 머리카락을 발견하고 치정 이야기가 전개되는 건 흔한 클리셰다. 본래의 신체로부터 떨어져나갔음에도 털은 여전히 그 신체의 고유성을 나타낸다. 가끔 방바닥의 털들을 모으면 누렇고 빳빳한 털, 희고 가는 털, 검고 긴 털이 고루고루 섞여 있다. 우리가 함께 존재한다는 미약하고 강한 증거들. 그래서 사람들이 반려동물의 털을 관리하는 게 힘들지 않냐는 말을 건네면 번거로운 것 너머의 안도감이 있다는 답을 했다.

한편 풍성하고 건강한 머리카락은 인간에게 많은 걸 상징한다. 투병으로 머리가 빠질 때도 사람들은 가발을 통해 투병 사실을 가리고 존엄성을 수호한다. 온갖 파마와 염색으로 고유한 개성을 표현하기도 하고, 때로는 도망치는 머리카락을 지키려 약을 복용하기도 한다. '털'은 단순한 신체의 일부 이상의 기의를 갖고 있다. 이는 동물도 마찬가지다.

푸코가 녹내장의 발병으로 꽤 고생했던 몇 년 전의 겨울이었다. 신장까지 나빠져 버린 녀석은 털갈이 수준이 아니라, 온몸의 털이 우수수 빠지기 시작했고 볼품없이 초라한 모습이 되었다. 아마 심장사상충을 갖고 있던 푸코를 구조했을 때의 처음 모습이 이랬을 것이라 어림짐작해 보았다. 평소에도 푸코에게 "넌 진짜 털 빨이야. 털 아니었음 이렇게 안 예뻤어."라고 건넸던 농담이 미안할 만큼 푸코의 털은 가늘어지고 빳빳해졌다. 녀석은 아픈 내

색을 좀처럼 하지 않는데 말 대신 움츠러든 자세와 푸석해진 털로 자신의 아픔을 전했다. (동물은 보통 자연에서 아프면 무리에서 도태되거나 소외당할 수 있어서 아픈 티를 잘 내지 않는 본능이 있다.)

그 시기가 지나고 이젠 시력을 제외한 다른 기관은 건강해졌지만, 털갈이 시즌을 벗어나 털갈이가 조금이라도 늦어지면 괜스레 불안해진다. 건강의 척도는 털의 윤기, 적합한 털갈이 시기에 따라 가늠된다. 공기가 사뭇 차가워지면 푸코는 어느새 여름털들을 밀어내고, 겨울의 눈을 준비하는 털들로 제 몸을 감싼다. 그렇게 나도 공기의 온도와 변하는 계절을 풍경보다 먼저 가시적으로 알아차린다. 둘 다 털에서 윤기가 도는 걸 보며 건강히 잘 지내고 있다는 녀석들의 또 다른 신호에 안도한다. 한두 차례의 아픔을 같이 겪으니 건강한 게 최고라고, 빳빳하고 부드러운 털들 열심히 휘날려도 된다고 속으로 되뇐다.

입력값 = 출력값

※ 똥 얘기가 나옵니다. 식사 중이거나 비위가 약하시면 넘어가주세요. ※

   과거 임금의 똥을 '매화'라고 했다. 임금님 똥을 차마 '똥'이라고 할 수 없으니 매화 꽃 같은 모양에 향기로운 냄새가 난다며 '매화'라고 불렀다. 훗. 그럴 뿐만 아니라 임금은 화장실에 몰래 갈 수 없고 내시, 궁녀들 옆에서 가림막 너머로 용변을 봐야 했다. 생각만 해도 아찔하지만, 그 시절 임금의 몸은 임금 혼자의 몸이 아니었기에 매화를 누면 어의와 내시들이 이를 살펴 임금의 건강을 체크했다고 한다. 어의의 업무 중에 매화를 맛보는(?) 일까지 있었다 하니 억만금을 준다 해도 임금이 되는 건 쉽지 않아 보인다. 제아무리 최고 권력자라 할지라도 '똥' 앞에서는 어느 것 하나 감출 수 없다. 그이의 주식이 무엇인지,

혹은 내장 기관이 좋은지 안 좋은지와 같은 생활 습관이 고스란히 똥에 솔직하게 드러나기 때문이다.

실외 배변을 하는 푸코 덕에 하루에 두 번씩, 많게는 서너 번씩 똥을 줍는다. 우리가 산책하는 모양새를 보면 인간이 똥을 줍기 위해 산책한다고 해도 무방하다. 한 손엔 배변 봉투를 들고 녀석이 볼 일을 볼 때마다 푸코의 똥을 의도치 않게 면밀히 관찰한다. 똥의 색깔, 점도, 양 등 녀석의 건강 상태를 어의처럼 확인한다. 아기 엄마들이 아기가 황금똥을 싸면 기뻐하는 그 마음을 조금은 헤아려 본다. 보통 무얼 먹었느냐가 똥에 가장 영향을 많이 끼치기에 사료를 먹는 녀석은 짙은 갈색의 '그것'을 내보낸다. 하지만 간혹 나오는 형형색색의 것들로 인해 당혹감을 느꼈던 적이 한두 번이 아니었다.

한 번은 진한 분홍색의 예쁜 똥이 나왔길래 이게 도대체 무엇인지 산책 내내 고민했다. 그리고 우연히 청소하다 분홍 똥의 원산지를 알아냈다. 바로 두부의 화장실 모래. 모래에서 향긋한 냄새가 나서 그런지, 두부가 화장실 밖으로 떨어뜨린 모래를 푸코가 꽤 많이 주워 먹었고, 이를 알 턱 없는 반려인은 두부가 고양이답게 화장실을 깨끗하게 쓴다고만 여겼다. 다행히 화장실 모래는 압축 두부(콩으로 만든 네모난 두부)로 만든 것이라 건강에 유해하진 않지만, 덕분에 원치 않게 형형색색의 똥을 보았다. 또 하루는 샛노란 변이 나왔다. 색이 밝고 부드러웠기에 혹시 탈이 난 건가 걱정했으나 문득 두부 사료가 머리에 스쳐 지나갔다. 두부가 훔쳐먹다 떨어뜨린 고양이용 사료들을 푸코가 실컷 주워 먹었던 것이다. 고양이 사료는 개 사료보다 매우 기름지므로 유독 녀석의 똥은 물컹물컹했다. 두부가 왜 푸코를 그렇게 때리고 싶어하는지 조금은 알 것 같다. 사료도 훔쳐먹고, 화장실도 훔쳐먹으니 두부 눈에 푸코는 그저 곳간털이범.

하지만 가슴이 철컹 내려앉는 순간들도 있었다. 녀석이 새빨간 변을 본 것이다. 사람도 혈변이 담긴 변기를 보면 오만 생각이 다 떠오른다. 보통 변에서 혈이 나온다는 건 이미 내장 어딘가가 심각하게 손상되었다는 신호였다. 푸코의 나이를 가늠해 보며, 이제 녀석이 슬슬 아프기 시작하는 건가 싶어 애잔한 눈빛으로 녀석을 보았지만, 배변을 마친 녀석은 바람 좋은 공기에 그저 웃고 있다. 속상한 마음을 뒤로하고 허겁지겁 배변 봉투를 꺼냈다. 수의사 선생님께 보여 드리기 위해 빨간 똥 사진을 찍고 나서 똥을 집어 들었다. 하지만 변에 묻은 빨간색이 지나치게 새빨갛다. 다시 한 번 어의의 마음으로 샅샅이 살펴본다.

토마토. 거실 테이블 위에 올려두었던 새빨간 토마토가 어디 갔나 했는데, 저기 있었네…. 웃지 못할 해프닝으로 끝났지만 정직한 소화기관 덕에 이렇게 입력값이 무엇이냐에 따라 그대로 출력값이 나온다. 소화기관마저 솔직한 녀석.

인간도 '모닝똥'과 '쾌변'의 과업을 끝내면 하루의 시작이 가볍고 유쾌하다. 잘 먹는 행위만큼이나 '잘 싸는 행위'도 중요하다. 어릴 때부터 긴장하거나 초조해지면 배가 심하게 아팠다. 누구나 하나쯤 갖고 있는 '스트레스성' 위염 덕에 한 꼬집의 스트레스만 받아도 곧장 화장실로 뛰어가야 했다. 학창시절 중요한 시험 도중 위장의 신호를 무시할 수 없어 성적을 포기한 채 뛰쳐나갔고 집에 돌아와 펑펑 울었던 장면이 선명하다.

나에겐 이처럼 쓰라렸던 '똥'이지만 아이들의 웃음을 자아낼 수 있는 마법의 단어는 단연코 '똥'이다. 아이들은 '똥'이라는 말에 '우웩 더러워~' 하면서 꺄르르 웃는다. '똥'이라는 거친 듯 귀여운 어감 때문인지, 비밀스러운 행위인 똥을 공공연하게 드러내서인지는 모르지만 말이다.

이처럼 배설이라는 행위는 재밌다. 날것의, 숨기지 않는 가장 솔직한 행위다. 어릴 적을 떠올려보면 아이들은 진짜 친구라 여기는 이에게 '화장실 같이 가자.'고 한다. 그 친구에게 자신의 가장 감추지 않는 솔직한 모습을 보인다. 같이 화장실을 가자는 말은 '너를 내 찐친으로 인정하겠어.' 같은 의미를 내포한다.

어른들에게도 화장실 작은 한 칸의 공간은 솔직한 많은 행위들을 허락한다. 참았던 방귀를 뀌는 사람도 있고, 타인들 앞에서 받을 수 없는 통화를 하기도 하고, 직장 상사를 욕하기도 한다. 적어도 그 행위를 하는 동안만큼은 사회와 사람들 속에 있다가도 아주 찰나의 순간일지라도 순식간에 자신에게 집중한다. 그 결과물, 똥.

멍멍이도 똥 앞에서 더욱 솔직해진다. 산책하는 동안 반려인은 뒷전인 푸코도 똥 눌 때만큼은 나를 기다리고 쳐다본다. 개는 자연에서 용변을 볼 때 무방비 상태이기 때문에 뒤를 봐줄 이가 필요하다. 푸코는 '나 똥 싸는 동안 지켜줘.'하고 슬쩍 올려다본 뒤 자기 똥을 치울 때까지 기다린다.

자기 주도적 산책을 하는 강아지가 잠시 멈춰 기다려주는 걸 보면 적어도 이 순간은 나를 완전히 반려인으로 인정하는 것 같다. 똥을 주우며 괜한 뿌듯함을 느끼는 건 이럴 때라도 반려인을 서열 우위에 넣어준 것 같은 기분 탓인 걸까. 간혹 조심성 많고 예민한 강아지들은 낯선 곳에 가면 배변을 하지 않고 꾹 참는다. 푸코가 매일 산책길에 쾌변을 누는 걸 보며 내향적이지만 자기주장은 하는 편이란 생각이 든다.

고양이는 그런 면에서 배변을 통해 자기 의사 표시를 한다. 여기저기 마킹하면서 사회생활을 하고 다니는 개와는 달리 고양이는 기본적으로 자기 용변을 숨긴다. 두부는 줄줄이 엮어 만든 고구마똥을 분홍 모래로 고이 덮어놓는다. 포식자에게 들키지 않기 위한 습성이 DNA에 새겨져 있어 그렇다고 하지만, 나는 그 냄새가 어마무시해서 숨기는 거라고 확신한다. 물론 모래로 열심히 덮어본다고 숨길 수 있는 냄새는 절대 아니다. 가끔 장난치려고 푸코한테 두부 똥을 들이밀면 푸코가 정색하고 도망가는 걸 보면 알 수 있다.

사람들이 보통 개를 키운다 하면 배변을 걱정하는데, 누구보다 깔끔한 성격을 가진 푸코는 상황이 여의치 않아 실내 배변을 할 때도 화장실을 간다. 복병은 두부였다. 이 두부 분노의 똥오줌 갈기기. 가끔 두부는 화가 나거나 뭔가 마음에 들지 않을 때 소리 없이 고약한 분노를 표출한다. 번듯한 화장실을 두고 그 옆 러그에 예쁘게 똥과 오줌을 뿌려놓는다. 스트레스를 받아서 그런 건가 싶어 괜스레 미안하다가도 고약한 냄새에 질겁한다. 냄새가 잘 빠지지 않는 바람에 도저히 회생시킬 수 없어서 버린 에코백도 있었다. 인터넷을 찾아보니 매트리스에 휘갈기는 녀석도 있다고 하니 이 정도의 심술에 감사해야 할 따름이다. 자신이 가진 가장 드라마틱한 전달 수단이라 생각하고 녀석은 이 방법을 택한 걸까.

　배설은 유아기의 사람과 동물들이 보내는 가장 솔직하고 투명한 신호이기도 하다. 녀석들은 자신의 건강 상태와 기분을 하루에 두 번 구체화된 물체로 전달한다. 매일 두 녀석의 '똥'을 확인하는 반려의(醫)는 둘이 왠지 제대로 배변을 못하면 걱정이 스멀스멀 올라온다. 곁에서 평생 잘 먹고, 잘 자고, 잘 싸길 바라며 똥을 줍는다.

우리집 개에게도
어린 시절이 있었겠지

　M의 초대를 받아 그녀의 고향에 다녀왔다. 초대의 주된 목적은 '복실이 목욕하기'. M의 부모님께서 복실이라는 이름의 한 살짜리 보더콜리를 키우고 계셨고, 13kg이 넘는 복실이를 중년의 부모님들이 목욕시키기란 여간 힘든 일이 아니었다. 푸코는 복실이만큼 크지는 않았지만 그래도 도시에 사는 개 치고는 나름 큰 개였기에 그 얕은 경험을 배짱 삼아 강원도로 향했다.

　대문을 들어서니 저 멀리서 깡충깡충 뛰어다니는 얼룩개 한 마리가 보였다. 복실이는 산으로 둘러싸인 너른 마당을 누비는 강아지였다. 덕분에 실내에 사는 서울 개보단 꼬질꼬질해도 단단한 근육과 자유롭고 행복한 표정을 갖고 있다. 도시 사람이 시골 출신 애인을 처음 만났을 때

느낀 그 이질감과 묘하게 닮아 있어 피식 웃었다. 늘 뚱한 표정의 푸코를 보다가 녀석을 보니, 저렇게까지 반려인을 반길 수 있구나 싶다. '생명력'으로 인사를 한다는 표현이 더 적절해 보인다.

복실이는 M에게 왜 이제야 왔냐는 반가움을 온몸으로 전한 후 나와도 가볍게 인사했다. 보통 경계심이 많은 개들은 손등으로 인사를 먼저 하고 서로의 냄새를 확인하는데, 녀석은 그저 낯선 사람과 그가 싣고 온 공기와 냄새까지 모든 게 반갑고 신기해했다. 낯선 이가 뻗은 손 인사를 가볍게 무시한 채 가벼운 격한 인사를 나누자마자 복실이는 마당 한쪽의 케이지에서 빨간 공을 물고 나왔다.

"던져!"

그렇게 복실이와의 공 던지기 굴레지옥은 시작되었다. (굴레지옥이라고 썼으나 푸코와 이런 걸 해본 적이 없어서 이런 지옥이라면 대환영이었다.) 보더콜리가 영민하고 똑똑하다는 건 알았지만 실제로 인간과 간단한 의사소통이 되는 걸 보면서 놀라움을 감출 수 없었다. 공이 오가는 횟수가 늘어나는 만큼 복실이의 똑똑함에 감탄을 금치 못했다.

공을 여러 번 주고받으니 지쳐가는 쪽은 인간이었다. 흰 눈이 쌓인 풍경이 무색하게 등에서 땀이 나기 시작했다. 생명력으로 인사를 나눈 처음부터 꾸준히 복실이의 생명력은 거의 괴물 수준으로 커져만 갔고, 나의 투구 자세는 형편없이 작아져만 갔다.

결국 지쳐버린 인간은 잠시 굴레에서 벗어나고자 녀석에게 간식을 주었고, 간식마저도 놀라운 점프로 '환대' 받았다. 폴짝폴짝 뛰는 녀석을 보며 부모님 또래 어른들이 감당하기에 쉬운 에너지는 절대 아니라고 다시 한 번 생각한다. 녀석의 눈은 돌이켜보는 지금까지도 밝게 빛난다. 그 눈부심 사이로 흐려져만 가는 푸코의 동공이 겹쳐 흘러 잠시 탁해졌지만, 복실이가 온몸으로 알게 해 준 호기심과 순수함은 나를 동심의 세계로 이끌었다. 아주 어릴 적 처음 소꿉장난하며 뛰어놀던 그곳으로, 그냥 존재 자체로 '생'이 느껴지던 그 순간들로.

푸코와 두부의 어린 시절에 대해 아는 바가 없어 늘 상상 속에서 다양한 스토리를 구성했다. 마치 천만 관객을 돌파한 영화의 프리퀄을 찍는 감독처럼 느와르로 출발했다가 서정적 전개로 몰입했다가 지나친가 싶으면 호러 새드 무비가 되는 엉뚱한 상상. 처음 마주했을 때의 둘은 노년을 향해 가고 있어 그에 맞게 차분하고 늘어지는 모습이었으니 이러한 나의 상상은 어찌 보면 당연했다. 그래서 막연하지만 갓 태어난 어린 생명에 대한 환상과 기대감 같은 게 항상 있었기에, M의 초대와 복실이의 환대가 유독 감사했다.

보통 프리퀄 영화가 기대되는 건 본편(현재)이 그만큼 흥행했다는 지표다. 인기 있는 액션 히어로들은 그의 본편을 더욱 탄탄하게 만들어줄 프리퀄 작품을 갖고 있다. 하지만 십중팔구는 본편만큼 흥행하지 못한 채 '본편만한 속편은 없다.'는 공식의 한 사례로 남아버리고 만다. 프리퀄은 결말이 정해져 있고 수렴해 나가기 때문에 전개 방식이 어지간히 흥미롭지 않고서는 이미 높아져버린 현재에 대한 관객의 기준치를 뛰어넘기 쉽지 않다. 아직 불투명한 미래를 향해 가는 본편과 달리 닫힌 결말이라는 예측할 수 있는 현재를 향해 달려가야 하기 때문이다.

예측 가능한 이야기의 전개는 때론 현재 상황을 정당

화하고 개연성을 부여하기 위해 끼워 맞춰지기도 한다. '푸코가 으르렁대는 이유는 과거 개 농장에서 다른 개한 테 물렸기 때문이야.' 혹은 '두부가 지나치게 예민한 이유 는 어렸을 때 이러저러해서일 거야.' 같은 평면적인 합리 화. 인과관계에서 어떻게든 원인을 찾아내기 위해 인간 중심적으로 바라보는 과오를 종종 저지르곤 한다. 푸코 는 애초에 태생적으로 까칠했고, 그나마 다른 개들한테 서열정리도 당하고 사람들 사이에서 적응하느라 되레 유 순해진 걸지도 모른다는 반전의 시나리오.

반려동물의 숨겨진 과거에 애매한 서사를 부여하는 건 반려인의 혜택인 동시에 어리석은 월권이기도 하다. 다 른 집의 어린 개와 고양이를 보며 그들의 유년기가 전혀 다른 차원의 우주라는 것을 망각한 채 '우리 개도 이랬겠 지.'라고 동일시하는 성립 불가능한 문장들로 가득 찬 시 나리오. 반려인의 월권은 종종 상상의 여백으로 남겨둔 자리까지 망쳐버리곤 한다.

치기 어린 패기뿐이었고, 세상과 처음 보는 사람들에 대한 호기심으로 넘치던 어린 시절. 푸코와 두부의 그 시절은 생존 그 자체만 두고도 누구보다 치열했다는 유일하게 확실한 사실을 뒤로한 채 둘은 차분한 현재를 즐기고 사랑하고 있다. 때로는 이 안정감 속에서 그 치열함을 되뇌며 달콤해 할지도. 원치 않았던 경험과 자극들로 가득했던 그 시기를 가까스로 통과한 덕에 푸코와 두부는 현재 온열 담요에 몸을 지지고, 반려인의 겨드랑이를 더욱 힘껏 사랑하는 듯싶다.

세 동거자는 지금 어떤 본편을 직조하고 있는지 생각해 본다. 두 녀석의 생존만을 위해 빚어진 숨가쁜 젊은 시절의 유산이, 녀석들을 쓰다듬고 있는 나의 오늘과 내일을 가득 채우고 있는 건 아닌지. 아니면 두 털뭉치들이 궁극적으로 나를 구해준 건지. 결국 어쩌다 만난 그 '생명력'이란 것이 지금 이 거실 가득 들어차 있어 잠시나마 그 치열함을 내려놓을 수 있었던 걸지도. 그러나 이것들 역시 인간의 가냘픈 어림짐작으로 쓰인 시나리오일 뿐이다.

결국 두 녀석의 미지의 구간은 영원히 미지로 남겨질 것이기에 현재의 녀석들을 더욱 촘촘히 살펴본다. 때론 언제 만났는지보다 만난 시점에 어떤 교감을 했는지 그

것이 삶의 총체를 이루기도 한다. 푸코와 두부의 과거부터 흘러오는 시간들이 각자 나선형으로 흐르고 나의 시간과 가끔 교차하는 그 찰나의 시점. 불완전한 주인공 셋이 우연으로 가득한 삶을 필생의 역작을 만들고자 모였다는 것만이 우리 시나리오의 시작이었다. 아모르 파티!

샌프란시스코 바다표범

길 잃은 소녀가
인파 속으로 사라진다.

'이 세상의 꼬마들 중에
은색 머리카락이 있었나?'

그저 바라만 보다가
나는 순간 바다표범이 되었다.
제 눈을 기꺼이 도려내주며
환하게 웃을 수 있다는 그 바다표범

회색 해변가로
낮잠 자러 올라오니
길 잃은 두루미도 멈췄다.

두루미는 굳게 부리를 다물고
검은 잎이 흩날리는 방향을
묻고 있었다.

앗
푸코 발 밑에
검은 잎이 있다.

회색 눈의 유기인: 유기견의 독백

　처음 마주한 Y의 눈빛은 부유하는 회색이었다. 여느 여름처럼 뜨거운 햇볕이 세상을 선홍빛으로 감싸고 있을 때 만남은 늘 그렇듯 예견되어 있던 것처럼 불현듯 맞닥뜨려졌다. 무계획한 삶의 항로는 수없이 변경되고, 지나온 시간들이 쌓여 지금에 도달했을 뿐 그다음은 누구도 알 수 없었다. 여정 속에서 수많은 마주침이 있었다. 어떤 이에게는 마음이 닿아 잠시 정박하기도 했고, 어떤 상대를 통해 좌초되기도 했고, 그렇게 희망을 잃어갈 때쯤 다시 단단히 돛을 세워주는 이를 만나기도 했다. 그 불가항력적인 우연 속에서 만난 Y는 인간의 어리석음에 매몰되어 있는 존재였다. 하필이면 내 특유의 여섯 번째 감각은 이성적이고 아둔한 인간을 건져내야 한다고 외쳤다. 과거 나도 구조되었다는 기억에 Y의 회색 눈빛을 외면하기란 불가능했다. 무지와 자아로 점철된 그녀에게 새로운 숨결을 불어 넣기란 쉽지 않을 것이다. 그래도 삶이란 희망 없는 발길질이란 걸 알기에 시도해야만 한다.

무작정 구조해야 한다는 본능적 판단을 실천했지만, 막상 별다를 건 없었다. 하루라는 것을 온 힘을 다해 '나'로서 살아가는 걸 그녀에게 보이는 게 전부였다. 반복되는 일상에 염증을 느끼는 그녀에게 매일 같은 일을 하는 건 뜨는 해와 지는 달뿐이라는 걸 알렸고, 이마저도 날마다 조금씩 미묘하게 달라지고 있으니 '같은 하루'는 인간의 오만함에서 기인한다는 걸 보여주었다. 그 미묘한 차이를 읽어내며 Y가 점차 자연의 감각에 익숙해지기를 바랐다. 어째서인지 그녀는 두 발로 땅을 디디고 있었으나 그저 잘린 나무 밑동처럼 서 있을 뿐, 세상을 만져내는 더듬이는 모두 자기 자신으로만 향하고 있었다. 보일 듯 말 듯한 더듬이가 밖으로 간혹 향할 곳은 저 멀리 떨어져 신호조차 닿지 않을 허황된 지점이거나 그녀 자신과 무관한 것들이었다. 나는 어제와 오늘이 다른 숲의 찬란함을 네 발로 땅을 밀어내며 깨우쳤다. 그녀의 기준에서 무용해 보이는 것들이 결국 다시 그녀를 감응케 하리라는 믿음으로 매일 Y와 산책을 나섰다.

그리고 구조된 이후 내가 사람들과 주고받았던 온기를 그녀에게 온몸을 기대어 나누었다. 밖으로부터 차가운 멸시와 냉소를 받으며 살았으나 역설적이게도 나를 녹여낸 것 역시 밖으로부터 왔다. 목숨을 위협하는 질병 속에서도 타인들이 건넨 애정과 관심은 생사의 경계에 서 있는 생명을 힘껏 생으로 당겨냈다. 그 온기로 나는 몸과 마음의 항상성을 회복하고, 데일까 두려워 타자와의 뒤엉킴을 주저하는 그녀에게 따뜻함을 전할 수 있을 만큼 단단해졌다. 서로가 서로를 당겨내는 펭귄의 허들링처럼 우리의 온기가 유지될 수 있도록 함께 거센 바람을 맞고 싶었다.

Y의 공허한 눈빛으로 바라본 세상은 그저 통과될 뿐 상을 또렷이 맺지 못한 채 중추에 닿기도 전에 아스러지기 십상이었다. 그러나 한편으론 공허함은 언제든 채워질 수 있는 가능성이라 안도하며 그녀가 나를 매개로 세상을 바라보길 바랐다. 그렇게 시작된 구조일지였다. 거

창하게 구조라고 할 것도 없었다. 그냥 그녀가 나의 여정에 존재했을 뿐이다. 내가 할 수 있는 특별한 것은 없었고, 그녀가 할 수 있는 것도 없었다. 서로의 무능함과 불완전함을 인정하고 관계 속에서 어떻게 순간을 잡아챌 것인지를 그저 함께 유영하며 알아가야 했다.

흔들리는 바람에 꺼질 듯한 하루도 안전할 것만 같은 무풍지대에선 망망대해에 꼼짝없이 갇혀 길을 잃곤 했다. Y가 실패와 가능성으로 이미 가득 찬 삶을 사랑하길 바란다.

나는 원래 세상을 거의 회색빛으로 본다.

— 김푸코(11kg, 11살 추정)

part 2

두발로 걷기

어떤 생명체에게
0순위가 된다는 것

얼마 전, 힙하고 멋진 댄서들이 한동안 미디어를 뜨겁게 달궜다. 오롯이 자신의 몸짓으로 표현하고 소통하는 댄서들의 언어에 많은 이들이 열광했고 나도 그중 하나였다. 화면 너머로 내게 자극이 된 장면은 그녀들이 거침없이 내뿜던 '내가 짱이야.'라는 모습이었다. 무수한 시간 동안 좌절과 몰입을 반복하며 쌓은 자신감, 현실 속에서 '댄서'라는 불안정한 직업을 택하고 유지하며 키운 자존감. 이 두 가지가 섞여 멋진 무대와 솔직하지만 불편하지 않은 에피소드를 만들어냈다.

그중 한 출연진의 인터뷰가 있었다. 경제적으로 형편이 넉넉하지 않은 상황에서도 그녀의 어머니는 "우리 딸이 최고야. 우리 딸 하고 싶은 거 다 해."라며 자신에게 늘 최고의 것을 주셨다는 내용이었다. 30여 년이라는 짧지 않은 삶을 살면서 만난 이들 중 저런 단단함을 가진 친구들에게서 공통적으로 들어온 이야기였다. "우리 엄마는 늘 내가 최고라고 해.", "여전히 하고 싶은 것 하면서 살라고 하셔.", "내 선택은 뭐든 믿어주셔."라는 길지 않은 마법의 주문 같은 말들.

다소 무뚝뚝하고 때로는 굉장히 이성적이셨던 우리 부모님은 그런 비논리적 주문과는 거리가 있는 분들이었다. 제야를 비롯해서 주로 예체능을 전공한 친구들을 보면 그들의 행보만큼이나 그런 정서적 밑거름 자체가 부러웠다. 불확실함에 뛰어들 수 있도록 만든 지지와 믿음. 그들의 양분이 부럽기도 하고, 때로 막연히 상상해 보긴 해도 내가 가늠조차 할 수 없을 것 같다는 생각에 슬픔이 밀려오기도 했다.

아무리 상상일지라도 재료가 있어야 시도라도 해보지 않겠는가. 자존감 넘치는 주변인들을 보며, 미디어의 유명인들을 보며, 혹은 책 속의 자존감 넘치는 인물들을 보며 조건 없는 사랑을 '말'과 '글'로 어림짐작했다. 하지만 몸을 통과해 나가지 못한 말과 글은 아무리 애써도 상상 이상의 궤도에는 도달할 수 없었다. 그런데 역설적이게도 밖에서 찾아 헤매던 그 사랑이라는 것을 바로 옆의 새 식구들에게서 어렴풋이 경험하게 되었다. 그런 무조건적인 지지와 사랑, 기준과 기대 없이 그저 사랑하기에도 바쁜 시간을 보내며 말이다.

　우리는 자신의 의지와 상관없이 평가 받은 날들 속에서 친구, 연인, 동료 등 다양한 관계마다 알게 모르게 저마다의 기준을 세우고 기대하며 실망하기를 무한 반복한다. '내가 이렇게 했는데, 왜 상대는 저렇게 하지?, 저 사람은 나한테 왜 그렇게 행동할까?, 우리 애한테 이렇게 해 줬는데 왜 우리 애는 이거밖에 못할까?' 같은. 우리가 타인에게 실망하고 관계의 지속성을 고민하는 근본적인 이유는 내가 쏟은 애정만큼 다시 받기를 원하고 기대하기 때문일지 모른다. 심리 지형에서 생기는 일종의 보상작용 같은 것.

　그런 기존의 심리체계가 무너지듯 두 털뭉치에게는 무언가를 바라며 애정을 쏟지 않았다. 혹여 바랐던 게 있다면 '잘 먹고 잘 자고 잘 싸라.', 죽을 고비를 넘긴 녀석들을 보며 '오늘 하루도 보너스니까 즐겁게 존재해라…' 정도. 관계의 기저에 인간과 반려동물 사이의 비대칭적 시혜성이 깔려 있기 때문인 건지, 나는 푸코와 두부에게는 바라지 않고 바라보기만 했다. 그토록 갈구하던 '무조건적 사랑'을 그렇게 배웠다. 따져보면 사랑을 주면서 배운 게 아니라 그 이상을 받으면서 가슴으로 알게 된 셈이었다.

덕분에 나는 꽤 정서적 안정감을 느끼고 타인을 대상화하지 않고 직시하고 그대로 수용하는 방법을 조금 익혔다. '관계'를 형성할 때 작게나마 나의 곁과 시간과 공간을 내줄 수 있고, 머릿셈하지 않는 관계에 대해 어렴풋이 알아가고 있다. 경쟁을 통해 존재를 증명하던 어릴 적의 지난 시절과 이렇게 멀어져 간다. 인간적으로 기분 좋게 말이다.

사실 우리집 녀석들은 보통의 반려동물처럼 정겹게 다가와 달라붙는 편은 아니다. 가시적인 애정 표현을 하진 않지만, 슬며시 다가와 시치미 뚝 떼는 듯한 표정으로 온기를 나누곤 휘 사라진다. 내가 어떤 외모를 가졌든, 무슨 직업을 갖고 있든 나의 외피와 무관하게 반려인을 아끼고 의지한다. 숨쉬는 만큼이나 평가가 난무하고 통념과 관습에 기댄 재단이 휘몰아치는 삶에 허우적거리다, 승모근이 돌덩이가 되는지도 모른 채 귀가했어도 나에겐 털뭉치들이 있었다. 거의 정적에 가까운 고요함 속에서 두 털덩이는 온몸으로 나를 위로한다. 이 날것의 인간을 '존재' 자체로 그대로 받아주고, 애정과 지지를 보내주는 녀석들에게 그저 감사할 따름이다.

어느 날 밤.

본가에서 짐 정리를 하던 중 지금의 나보다 더 어린 나이에 '엄마'가 된 엄마의 육아일기와 사진을 보았다. 아랫니 난 아이가 꺄르르 웃는다며 스쳐 지나갈 장면들을 잡아채 한 글자 한 글자 소중히 담은 커다란 수첩. 내가 푸코와 두부의 일일을 놓치고 싶지 않아 기록하는 것처럼 나보다 어린 엄마는 나라는 생명의 시작을 써 내려가고 계셨다. 말이 아닌 글이라는 그녀의 방식대로 무조건적인 사랑을 되새기고 계셨다.

91. 2. 8(금)

복애 집에 가다. 친정.
반가운 해후.
마치 어제 만난 듯한 느낌의 친구.
복애가 우리 지수 보라색 예쁜 옷을 사주다.

지수의 이빨이 빛을 보다.
손가락을 깨무니 무척 아프다.
신기하다.
만져보니 까끌까끌한 감촉이 있다.

까꿍 해주면 꺄르르, 꺄르르,
큰 소리 내어 웃는 지수.
고개를 돌렸다가 까꿍 하면
꺄르르르, 꺄르르르.

앉혀 놓으면 잠시 뒤에 왼쪽, 오른쪽, 앞뒤로
박곤 하는 우리 지수.

내가 어설프게나마 조건 없는 사랑을 녀석들에게 줄
수 있었던 것은 곰곰이 생각해 보면 어릴 적 부모님이 내

리쬔 너무 뜨겁지도 차갑지도 않은 따사로운 햇살이 있었기에 가능했던 것이란 걸 겨우 깨닫는다. 그렇게 나의 엄마도 '처음'이었고, 나도 오롯이 지금이 '처음'이며 완전하지 못하지만, 꽤 해볼 만한 사랑을 배워간다. 이렇게 쓰고 읊조리는 무언가가 또 누군가의 처음에 작은 도움이 될 수 있다면, 엄마에게 받은 온기 그리고 두 녀석과 쌓은 양분이 어디선가 새로운 사랑을 일궈낼 수 있길 바라며 써 내려간다.

단언컨대 최고의 아이스브레이커

방송가엔 절대 불패의 일명 '3B'라는 게 있다고 한다. beauty(미인), baby(아기), beast(동물). 이 세 가지 소재를 활용하면 못해도 평균 혹은 평균 이상의 주목도를 끌 수 있다는 것이다. 셋 중 어느 것 하나 없던 나에게 푸코와 두부 덕에 마지막 B가 생겼다.

푸코와 산책할 때마다 사람들이 참 친절하고 선하다는 걸 느낀다. 서울숲으로 산책하러 가면 나들이에 한껏 꾸민 젊은 아가씨들, 연인들이 푸코를 향해 열심히 손을 흔들어주었다. 가끔 가족들과 산책 나온 어린이들도 '멍멍이다~' 하며 푸코에게 힘껏 다가와 주었다. 몇 년 사이에 시바견의 인기가 많아진 바람에 시바와 살짝 닮은 누렁이는 시바로 오해를 받고 귀염도 받았다.

새로 옮겨온 동네는 어르신들이 많은데, 시바견보다는 진도견이 더 친숙한 어르신들은 푸코를 볼 때마다 한 마디씩 던지고 가신다. 아무리 불러도 대답 없는 녀석에게 "암캐인가~? 진돗개요?" 하며 물어보시면, "수컷이에요.", "이것저것 섞인 종이예요.", "진돗개는 아니에요." 하면서 대변인처럼 푸코의 내막을 설명한다.

종종 다른 견주들과 마주치면 배변 봉투를 품앗이하고, 각자 강아지의 이름과 나이, 성별을 묻기도 한다. 특히 푸코처럼 스트릿 출신의 강아지들을 만나면 서로의 구구절절한 사연을 나눈다. 대화의 끝에 아프지 말고 오래오래 행복하게 살라는 기복의 인사를 주고받는다. 이렇게 푸코와 산책하러 나가면 초면인 사람들과 자연스럽게 대화가 시작된다.

간혹 산책하다 마주치는 사람뿐만 아니라 네발 달린 동물에게 우호적인 공간들도 더러 찾을 수 있는데, 그리 고맙고 반가울 수가 없다. 우리나라는 아직 소형견에 비해 중·대형견을 환영하는 가게가 많지 않기 때문이다. 반가움에 가게 문을 열면 여지없이 그곳에도 털뭉치들이 있거나 그들에게 사랑을 듬뿍 받고 출근한 주인장이 있다.

점주, 손님들 모두 푸코를 반겨주는 덕에 산책 겸 여행으로 그런 가게들을 찾아 나선다. 공간의 한 켠을 털복숭이에게 기꺼이 내어주시니 감사할 따름. 나 혼자 갔으면 지나가던 '손님 1'이 될 뻔한 가게들도 푸코와 자주 방문하다 보니 '푸코와 반려인'으로 각인된다. 종종 푸코를 위해 간식을 챙겨놓아 주시는 따뜻한 환대를 녀석도 느끼는 것 같다. 가게 앞을 지나치지 못하고 어느새 문 앞에 자리잡고 앉는 걸 보면.

코로나로 인해 늘어난 비대면 회의와 수업으로 인해 자연스레 거주공간과 직장의 경계가 모호해지면서 그만큼 사적인 영역이 노출될 일도 많아졌다. 이 말인즉슨, 일상에서 푸코와 두부가 차지하는 비중이 매우 커졌다는 뜻이기도 하다. 업무시간에 둘은 아주 조용하고 강렬하게 자신들의 존재를 드러냈다. 반려인 옆에 붙어 있기를 좋아하는 두부는 어떤 날 갑자기 모니터 화면 앞을 스리슬쩍 지나간다. 크고 하얀 털덩이가 화면에 등장하니 사람들이 놀라면서도 즐거워했다. 반면 푸코는 화면 뒤에서 묘한 소음들을 만들어낸다. 간식 장난감을 돌려서 드르륵 소리를 내거나 토독토독 발톱으로 바닥을 밀어내는 소리를 만든다.

회의를 하다 보면 어느새 둘 중 하나는 무릎에 앉은 채 진행되기 일쑤였다. 녀석들의 등장을 환대하며 브레이크 타임에 푸코나 두부를 보여달라는 요청이 이어졌다. 이에 응답하기 위해 막상 보여주려고 하면 녀석들은 슬그머니 사라진다. 회의나 수업을 위해 공들여 준비한 아이스브레이킹용 자료들보다 푸코나 두부를 화면에 비췄을 때 호응과 주목도가 훨씬 좋다. 앞서 말한 3B의 효과를 여실히 확인한다. 백문이 불여일견의 '견'은 '개 견(犬)' 자일 듯.

두 녀석 덕에 잠시 멀어졌던 관계들과의 연락이 한결 매끄러워지기도 한다. 녀석들의 귀여운 모습을 담아 SNS 프로필 사진을 바꾸면 사람들에게서 종종 연락이 왔다. "강아지 진짜 귀엽다.", "고양이 예쁘게 생겼다." 같은 따뜻한 문장들로 사진에 담아낸 애정을 읽어주어 대화의 물꼬를 튼다. 개, 고양이로 이야기의 문을 열고 각자의 안부를 나누다 언제 밥이나 먹자며 이야기를 닫는다. 또 반려동물을 키우는 이와는 각자의 반려동물의 엉뚱한 순간을 공유하며 인사하기도 한다. 오랜만에 연락이 닿은 관계들과도 푸코와 두부의 이야기를 주고받으면 어느새 무해하고 애정 어린 문장들이 쌓인다.

더욱 재미있는 건 부모님과의 관계에서 커져가는 푸코의 역할이다.

아이와 성인 그 사이였다. 학창 시절의 나는 여느 대한민국의 평범한 수험생처럼 마음과 시야가 모두 협소했고, 시험을 위한 공부에만 몰두하며 스스로를 고립시켰다. 가족을 비롯한 타인과 정서적으로 단절되었던 거짓된 시기였다. 성인으로, 독립적인 주체로 단단해지기 위해 준비하던 시기이자 오로지 좋은 대학과 성적을 위해 내 대부분의 더듬이를 잡아 뜯어버리던 시기.

부모님은 학업으로 잔뜩 예민하게 날이 선 딸의 눈치를 보기 바빴다. 가족이란 이름만 존재할 뿐 실체가 존재하지 않던 그 시기에 아버지와의 대화가 있을 리 만무했다. 그렇게 형성된 어색한 공기를 무엇으로도 채울 수 없었고 지금도 어색하게 비어 있다. 나에게 '가족'은 정서적인 교감은 부재한 채 물리적 공간만 나누던 공동체 같은 것에 불과했다.

어느덧 나름 사회생활의 안정기가 찾아왔고, 경제적 독립이 가능해진 틈에 헐레벌떡 집을 나왔다. 독립이라고 외쳤지만 또 다른 고립의 시작이 아닐까 두려워하는 내게 푸코가 온 것이다. 푸코의 의지로 온 건 아니었으나 그냥 푸코가 나를 위해 왔다고 해두고 싶다. 부모님은 당연히 제멋대로 나간 딸의 독립이 탐탁지 않았고, 그로 인해 어색했던 공기는 한결 더 두텁게 어색해졌다. 부모님과 그들을 닮은 나는 이런 불편한 공기를 유연하게 만드는 데에 썩 유능하진 않았다.

이 껄끄럽고 매캐한 공기를 걷어낸 것은 푸코였다. 타고난 아이스브레이커.

소원해진 불빛이 희미하게 신호를 주고받으며 부모님과 통화를 할 때면 조용하던 푸코는 아빠의 목소리에 반응했다. 녀석은 반려인에게도 하지 않는 하울링을, 스피커폰 너머 아빠의 목소리에 맞춰 대답하듯 요상한 소리를 냈다. 아빠는 그의 환영 인사에 답하고 싶어 종종 나에게 전화를 걸었다. 푸코의 "아오~~" 하는 하울링과 아빠의 "푸코야~ 하하하하~" 대화를 듣고 있으면 뜻은 알 수 없지만 서로의 애틋함이 느껴진다.

가부장적인 시대의 아빠가 장성하여 출가한 딸에게 특정한 목적 없이 전화하는 일이 쉽지만은 않았을 것이다. 그럼에도 푸코가 그 시대 속으로부터 아빠를 끄집어낸 건지, 본디 다정하고 따수운 아빠를 찾아낸 건지 알 수 없지만, 아빠는 녀석을 통로 삼아 딸의 안부를 물으신다. "밥은 먹었냐? 옆에 푸코도 있고? 두부는 자나?" 하며 두 식구의 일상이 궁금한 아빠의 전화를 받아 든다. 내가 개를 좋아하는 건 아빠를 닮았기 때문이라는 생각에, 그리고 푸코가 아빠에게 반응하는 건 아빠 목소리에서 내 목소리의 파형이 흐르기 때문이라는 생각이 어렴풋이 든다.(나는 첫째 딸답게 엄마보다 아빠를 많이 닮았다.)

여전히 스마트폰 조작에 서툰 아빠에게 가끔 푸코 사진을 보냈다. 한참 후에 어설픈 문자로 아빠는 "귀엽다"며 답했다. 아빠와 이전에 몇 번이나 문자를 주고받았었

나. 푸코의 사진 덕에 아빠에게 목적 없이 연락해 내가 애정하는 것을 전달할 수 있어 감사했다. 아슬아슬하게 연결된 고리들을 그나마 푸코와 두부가 임시방편으로 붙잡아주고 있다. 이 연결고리를 단단하게 만드는 과제는 이제 어리석은 인간의 몫이다.

녀석들은 삐걱거리는 관계항들이 보다 부드러워지는 장치들을 순간순간 심어준다. 쇄빙선. 관계에서 다음으로 나아가기 위해선 얼음보다 강한 에너지로 단단한 얼음을 깨야 한다. 비겁했던 나는 그 충격이 싫어 무턱대고 얼음판 위로 걸으려 하니 미끄러져 나가곤 했다. 때론 기약 없이 녹기만을 기다리다 어떤 관계들은 소원해지기도 했다. 그럼에도 인간 사회에서 녀석들과 같은 역할을 할 수 있다면 좋겠다 싶어 웬만하면 유쾌하고 둥근 문장들을 건네려고 시도해 본다. 때로는 각지고 날카로운 문장이 필요하기도 하지만, 'beast'가 먹히는 건 우리 모두 무해하고 담백한 것들에 대한 동경과 애정 같은 게 하나씩 있어서일지도 모르겠다.

사회화

씽크대에 오줌을 갈기는 것은
나의 은밀한 취미이자 특기이자
나의 고유의 영역 표시.

누구도 방해해서는 안되는 시간.
눈웃음 치는 유일한 시간.

이것은 텅 빈 작업실에서
가장 큰 소리로 노래 부르거나 틀어두는 것과 같은 이치.

발 밑 지구의 중심에
내가 아직 살아 있음을
여기 있음을 알리는 의식이자
내일은 없어질 오늘에 대한 작별
똥강아지 푸코마냥.

엉덩이 무게에 비례하는 사랑

푸코는 언제나처럼 예상의 범주 안에 있는 강아지와 확연히 다르다. 녀석은 애교도 별로 없고 간식 먹을 때를 제외하곤, 사람에게 먼저 다가와 치대는 일도 없으며 적당히 주변인들을 지켜본다. 소위 말하는 '댕댕이'라는 표현과 푸코는 다소 거리감이 있다. 하지만 나는 지나치게 과한 애정 표현보다 살짝살짝 건조하게 다가오는 녀석의 거리감을 좋아한다. 불러도 오지 않고 멀뚱멀뚱 쳐다볼 때도 있지만 이제는 녀석의 성격이겠거니 하며 녀석을 부르기 위해 허공에 비닐봉지로 부스럭 소리를 낸다. 때론 반려인의 부름을 못 들은 척하면서도 "간식 먹을까?, 산책하러 갈까?"라는 말이 끝나기도 전에 꼬리를 힘차게 흔들며 다가온다. 왠지 선택적 반려인 환영의 느낌을 지울 수 없다.

푸코가 어릴 때 사람과 살지 않아서(보통 개는 생후 1년 안에 사회화가 끝난다.) 그런 건지, 아니면 진도 시바 비스무리라는 종의 특성 때문인 건지 알 수 없지만 푸코는 꽤 독립적이다. 산책할 때도, 잘 때도, 낯선 사람이 집에 왔을 때도 자신만의 루틴을 완고히 유지한다. 때로는 고양이처럼 자기 영역을 확연히 드러내고 그 영역이 침범당하면 슬그머니 자리를 옮기거나 으르렁거린다. 산책 중 만나는 아주 사회성 좋고 밝은 개들을 부담스러워하는 게 느껴져서, 저 멀리 복슬복슬한 머리만큼 가벼운 발걸음을 보면 녀석의 리드줄을 짧게 잡고 조심스레 도망간다.

혹자는 이런 녀석을 보며 "개가 앵기는 맛이 없어."라고 아쉬움을 토로했으나 앞서 말했듯 나는 그 적당한 거리감이 좋다. 모든 관계에는 적당한 거리감이 있어야 바람 드나들 자리가 있는 것이 아닌가. 그 바람이 드나드는 자리의 이면에는 바람에 흔들려도 날아가지 않는 단단한 연결고리가 있다는 서로를 향한 믿음이 내재해 있다. 그리고 사실, 녀석의 거리감 이면에는 엄청나게 살을 맞대고 싶어하는 누렁이가 있다는 걸 안다.

　어느 뭉그적거리는 아침, 크고 묵직한 것이 얼굴을 누르고 있어서 당황하며 잠에서 깼다. 눈을 살짝 떠보니 부드럽고 질편한 뒤태가 무게중심을 엉덩이에 쏟은 채 내 얼굴에 온전히 기대 있었다. 가위에 눌려본 적이 없었던 터라 처음엔 가위눌린 줄 알고, '아, 이게 가위눌리는 느낌이구나. 견딜 만한데?'라며 비몽사몽 중에 눈을 떴다. 이내 시야에 푸코의 뒤편이 들어왔다. 그 묵직한 무게감과 뜨뜻한 온도가 마치 푸코가 표현하는 신뢰 같아서 눈을 뜨고 한동안 가만히 있었다. 기념비적 순간을 이미지로 남기기 위해 최대한 자세가 흐트러지지 않도록 주섬주섬 휴대전화를 찾아 사진으로 담았다. 어느 때는 녀석은 등이 아니라 엉덩이로 내 얼굴을 누를 때도 있었다. 좁은 베개는 내 머리와 강아지의 엉덩이로 가득 찼고, 묘한 감동과 애정이 고스란히 느껴졌다.

　'이 녀석이 나를 의지하고 있구나.'

　원래 '등을 돌린다.'라는 표현은 인간 사회에선 누군가와 관계를 끊는 반목의 의미로 쓰이지만, 집단생활을 하

는 개에게는 등을 보인다는 게 당신을 신뢰한다는 의미
다. 개들은 야생에서 잘 때 외부의 습격으로부터 서로를
보호하기 위해 등을 맞대고 자는 습성이 있기 때문이다.
출근하는 날이면 허겁지겁 푸코의 애정을 한편으로 치
워놓고 아침 준비를 해야 했다. 그래서 출근하지 않는 아
침에는 푸코의 애정을 핑계 삼아 함께 뭉그적거리곤 했
다. 그 공기를 놓치고 싶지 않았기에.

　물론 이 모든 일은 고양이가 오기 전에 가능했다. 두부
는 예상대로 조용하고 예상외로 적극적이었다. 두부의
애정은 자기가 내킬 때만 허용됐다. 하지만 자신이 애정
의 온기가 필요할 때면 녀석은 애정을 갈구한다기보다
강요했다. 그러다 보니 개와 고양이의 역할이 전도되었으
며, 알고보니 우리집 고양이는 사람의 온기를 사랑하는
애교 많은 고양이였다. 개에게서도 느껴보지 못했던 반
려인에 대한 집착을 고양이에게 받게 될 줄이야.
　"나를 만져. 만질 때까지 울 거야. 냐오오옹"
　그리하여 매일 밤과 아침 침구 한쪽에는 고양이가 머

문 따뜻하게 눌린 자리가 존재하기 시작했다. 두부는 귀신같이 인간의 겨드랑이를 찾아 파고들었다. 자기가 위치하기 가장 좋은 곳(뜨뜻한 곳)에 암모나이트처럼 동글동글하게 몸을 말고 자리를 잡았다.

처음 두부가 잠자리를 차지했을 때 푸코가 적지 않게 당황한 걸 알 수 있었다. 여느 때처럼 멋지게 점프해서 침대 위로 올라온 푸코가 당황한 채 내려가기도 하고, 때론 두부가 화들짝 놀라 사라지곤 했다. 둘은 물과 기름마냥 한 침대에 절대 함께할 수 없을 것처럼 서로를 조심스레 피했다.(이제 어느 정도 적응해서 서로 방해하지 않는 범위 안에서 지낼 법도 한데 여전히 내외한다.) 하지만 아침이 되면 다들 비좁은 준특대 침대에 올라와 적당히 자리 잡고 있다. 다만 사람이 좀 찌그러져 있을 뿐.

두 녀석 모두 엉덩이로 그리고 눈빛으로 반려인에 대한 사랑을 보낸다. 이렇게 조건 없이 누군가를 사랑하고 애정할 수 있을까. 사람에게서 받은 상처 때문에 다시는 사람을 믿지 못할 법도 한데, 어느새 소리 없이 다가와 사랑을 온몸으로 비비곤 그 정수인 엉덩이로 표현하고 소리

없이 사라진다. 둘한테 살포시 머리를 기대면, 세상에 나한테 의지하는 생명체가 둘이나 있다는 생각에 감사하다. 애정 표현이 서툰 나는 녀석들에게 온몸으로 애정 표현하기를 살짝 배워본다.

환대란 타인의 존재에 대한 인정이며, 이러한 인정은 그에게 자리를 마련해 주는 몸짓과 말을 통해 표현된다.

- 김현경, 〈사람, 장소, 환대〉

애정하는 이가 있다면 엉덩이를 묵직이 들이밀어 보세요.

너무 작은 은행나무가
흔들린다.
연두와 노랑이
안녕!

어지럽고 현란하게 고요한.
연두의 앞과
노랑의 뒤를 보았으니
이것은 하나.

영원한 것은 여기에만 있네.

말하기 않아도 알아요?

　과거의 나에게서 허접하고 어설픈 구석 중 하나는 단연코 '의사소통'이었다. 그리고 여전히 나는 제대로 된 '소통'을 하는 게 어렵다. 외향적인 성향이라 사람과의 교류를 좋아하는 편이지만 의사소통은 엄청난 집중도와 신중함이 있어야 해서 가끔 사람 만나는 게 피곤하고 두렵기도 하다. 잘 '들어야' 잘 말하는데 넘쳐나는 단어들 속에서 진짜 상대를 찾아 듣는 건 꽤 집중력을 필요로 했다. 나이가 들수록 모임의 종류는 많아지고 다양해지고 잦아지는 반면, 나의 에너지는 한정됐다는 걸 깨닫고 언제부터인가 모임과 자리를 적절히 정리하게 되었다. 특히 부서지는 단어들로 가득 찬 대화들은 이런저런 이유를 대며 피했다. 대화자의 주체는 없는 껍데기로만 이루어진 대화들.

　한때 지인들과 팀을 꾸려 인터뷰 프로젝트를 진행한 적이 있다. 인터뷰 주제는 '우리 모두 저마다의 이야기가 있다.'는 것을 골자로 평범한 듯 비범한 사람들의 이야기를 엮어내는 것이었다. 두세 시간 동안 인터뷰를 하고 돌아와 글을 정리하면 녹초가 되었다. 짧은 시간 안에 압축된 그이의 인생을 어느 것 하나 허투루 들을 수 없었기에 온 감각을 세워 시를 접하는 것 같은 자세로 인터뷰에 임했다. 그럼에도 그들의 진득한 엑기스 같은 자기만의 고유한 이야기를 듣고 돌아오는 길은 되레 빛나는 별들을 헤아리며 오는 것이었다. 그때의 경험 때문인지 상대의 '진짜' 이야기를 듣고 싶어 점점 1 대 다수보단 1 대 1의 자리를 더 선호하게 되었다.

　대화를 할 때 우리는 '말'을 하지만 사실 의사소통의 93%가 언어나 문자가 아닌 동작, 접촉, 준언어 같은 비언어적 의사소통으로 이뤄진다. 음성언어보다도 눈빛이나 몸짓이 전달하는 것이 훨씬 많다. 코로나로 대면의 기회가 적은 시기에 언어를 습득한 아이들의 언어 발달이 다소 늦다는 슬픈 증거를 보면 알 수 있다. 아무리 비대면이 활성화되었다 해도 방역수칙이 완화됨과 동시에 상대와 마주보고 같은 공기 속에서 대화하고 싶어하는 것 역시 마찬가지다. 때때로 대면하고 이야기하면 매끄럽게 흘러갈 상황들이 SNS에 문자로 담기면서 예기치 못한 오해를 낳기도 한다.

더군다나 인간의 의사소통은 직접적인 듯 직접적이지 않아 매순간 어렵다. 상대의 문장 속에서 맥락과 뉘앙스를 읽고 그 문장들이 담겨 있는 전체적인 공기를 읽어야 한다. 소위 말하는 'between the lines – 행간을 읽어라.' 그래서 짧은 대화에서도 머릿속은 끊임없이 굴러간다. '상대가 저 말을 하는 의도는 무얼까?', '나는 이렇게 말해도 될까?' 배려와 공감을 흔히들 마음으로 한다고 하지만 어느 정도는 머리가 함께 움직여야 한다. 적어도 대화에선 심장만큼 두뇌도 같은 속도로 움직인다.(물론 간혹 이런 과정 없이 생각하는 대로 내뱉는 사람도 많다.) 이러한 노력들이 매분 매초 음성언어, 비음성언어와 함께 춤추고 있는 것이 '소통'의 장이다.

그럼에도 가끔은 이 '말'의 부재로 인해 답답할 때도 있다. 종종 앱스토어에 있는 새로 나온 앱들을 이것저것 사용해 보는데, 얼마 전 새로 '고양이 번역기'라는 놀라운 앱이 나왔다. 물론 이전에도 푸코와 두부에게 써보려고 강아지, 고양이 번역기들을 시도했었으나 번번이 터무니없는 인간 말을 보여주었기에 큰 기대감은 없었다. 그럼에도 이번 앱의 리뷰는 나름 괜찮아서 반신반의하며 설치를 하고 두부에게 들이댔다.

　"두부야~ 냐옹 해봐~"

　조용한 두부가 소리 내기만을 기다리며 졸졸 쫓아다녔다. 때마침 식사시간이 되어 사료 그릇을 집어드니 두부가 울기 시작했다.

　"냐~~아아아아아~~ 옹."

　그것은 울음이라기보다 울부짖음에 가까웠다. 그리고 번역기 화면에는 "당신을 믿고 사랑해요."라는 얼토당토 않은 문장이 떴다. '밥 준다고 사랑한다는 건 아니겠지.' 한-영 번역기도 가끔 오역이 난무한데, 이종 간의 언어를 번역한다는 게 말이 되나 싶어 앱을 삭제했다. 번번이 실패하면서도 새로운 개, 고양이 번역기 앱이 나올 때마다 설치해 보는 건 녀석들을 조금이라도 더 이해하고픈 반려인의 애잔한 몸부림이다.

푸코나 두부가 무언가 불편해 보일 때, 어딘가 아픈 것 같을 때 인간의 언어로 '말'해 주어 시행착오를 줄이고 싶은 몸부림. 푸코의 눈 질환이 녹내장임을 알아내기까지 네 군데의 병원을 거쳐야 했다. 처음 작은 동네병원을 시작으로 서울의 대학병원, 부산의 유명한 안과 전문병원, 부산 수의사 선생님의 제자가 운영하는 분당 병원까지 이곳저곳을 돌아 마침내 푸코의 동공이 커지고 뿌예진 상황을 정확히 알아낼 수 있었다. 녀석이 '나 안압이 올라가서 눈도 아프고, 두통도 심해.'라고 얘기했다면 처음에 단순 결막염 안약을 처방 받지 않았을 텐데. 골든타임을 놓친 것 같아 속상했고, 첫 번째로 다녀온 병원을 무지하게 원망했다.

말이 통했으면 좋겠다는 아쉬움이 있으면서도 '말'이 통하지 않기에 나는 그 어떤 관계보다도 푸코를 관찰하고 예민하게 살핀다. 푸코의 행동을 살피고 동공의 탁도를 유심히 지켜본다. 푸코가 조금이라도 눈을 불편하게 깜빡이면 녀석의 눈꺼풀에 살짝 손을 얹어 이상이 없는지 확인한다. 간단하고 효율적인 음성언어가 없는 관계에선 음성언어를 통한 대화 이상의 소통이 이루어진다. 도리어 종종 언어를 통한 소통에서 오해가 싹트기도 하는 걸 보면 말이다.(같은 인간들끼리도 "으, 진짜 말이 안 통한다."라는 말을 하는 걸 보면.)

결국 말로 통하든 행동으로 통하든 모든 의사소통의 과정은 지속적인 관찰과 시간의 축적을 필요로 한다. 두부를 처음 만났을 때 내가, 그리고 두부가 힘들어했던 이유는 충분한 시간이 쌓이지 않았던 것 때문이라고 추측해 본다. 푸코가 배고픈지, 똥이 마려운지, 눈이 불편한지를 그 어떠한 음성언어의 교환 없이 알아차릴 수 있었던 이유는 5년 × 365일이라는 사례들이 알려준 데이터 값 덕분이다. 두부와는 점점 그 데이터 값과 사례를 공유하고 있다. 더 이상 두부는 새벽 4시에 배고프다며 반려인을 깨우지 않고, 나는 어느새 두부의 "냐옹~"과 "냐아아아~옹"과 "냥!"을 구분할 수 있게 되었다. 물론 여전히 두부는 어렵다. 푸코와 나란히 자다가도 벌떡 일어나 푸코 콧등을 휙 할퀴고 도망가는 그의 마음을 나는 여전히 모르겠다. 아직은 두부와 소통하기 위한 채널이 더 필요한 듯하다.

어느덧 붕어빵과 호떡이 생각나는 계절이 다가오고 있다. 며칠 전 초록 신호를 기다리며 횡단보도에 서 있었다. 조용한 공기 속에서 노릇한 붕어빵 냄새가 흘러나오기에 뒤를 슬쩍 돌아보았다.

아!

네 명의 농인들이 신나게 수어와 몸짓으로 수다를 떨고 있었다. 붕어빵 노점 주인은 농인이셨고, 붕어빵을 사러 온 그의 지인들과 함께 대화의 장이 펼쳐진 건 아닐까 조심스레 추측했다. 그것은 세상에서 가장 조용하고 요란한 대화였다. 비농인인 나는 전혀 알 수 없는 그들의 언어로 시간과 공간을 나누는 모습. 하지만 적어도 그들의 대화가 유쾌하고 즐거웠다는 걸 그 공기 속에서 조심스레 읽었다.

두부나 푸코나 역시 나에게 그들만의 신호를 보내고

있다. 각자 나름대로 최선을 다해서. 그것을 알아차리기 위해선 예민한 관찰력과 시도하려는 애정이 필요하다.

"음성언어는 가장 나약하다."라는 제야의 말이 떠오른다. 저 자신만 옳다며 남들에게 칼이 되는 말들이 만연한 요즘, 가끔은 음소거한 채 눈빛과 몸짓으로만 우리의 애정을 주고받을 수 있다면 좋겠다.

말하지 않아도 알아요.

눈 먼 풍경

'빛'이라는 명사가
진부해졌습니다.

화려하지 않고,
소박하지 않은
그것도

결국 '빛'입니까?

간절히 보고자 하는 대상을
화면의 위에 다 담으려 할 때
더욱 슬퍼진 그 찰나를
잊지 마십시다.

10년차 직장인과
10년차 고양이의 대담

어느덧 10년차 직장인이 되었다. 또래에 비해 사회생활을 빨리 시작해서 가까운 지인들 중 가장 먼저 10년차가 되었고, 친구와 후배들로부터 한 가지 일을 10년'씩이나' 하면 어떠냐는 질문을 득달같이 받았다. 승냥이 떼처럼.

"글쎄, 몰라. 나도 모르겠어."

9년 364일째와 10년 1일째는 고작 하루 차이인데, '데뷔 10년차 아이돌', '창사 10주년 기념', '10년 만의 재회'처럼 사람들이 '10'이란 숫자에 부여하는 무게는 결코 가볍지 않았다.

거의 10년차에 다다를 때 즈음이었다. 의무적으로 노동에 쓰이는 시간에 대해 염증이 생겼음을 알았고, 그 염증만큼이나 주체적으로 삶을 운용해 보고 싶은 마음이 간절해졌다. 학교에 입학한 순간부터 살아온 '9 to 6'의 삶 말고 내 생체 리듬에 맞춘 시간. 이리하여 주 20시간 근무를 하게 되었다. 주변인들은 대부분 줄어든 근무와 함께 반토막이 난 월급을 걱정해 주며 부럽다는 이야기를 건넸다. 또 한편으론 인생에서 제일 열심히 일해야 할 시기에 그렇게 놀아도 되냐며 반문했으나 '그것은 통념'이라며 빈약하게나마 반론을 펼치길 반복했다.

결국 자의 반 타의 반으로 컴퓨터를 켜고 '10년_되돌아봄.hwp' 폴더를 만들었으나, 만들기만 했다. 기본 용량을 넘지 못하고 있다. 언젠간 다시 주 5일 노동시간의 삶으로 돌아갈 텐데 사람들의 질문에 대답하기 위한 자기방어용 파일이 하나 생성된 셈이다. 미래를 첨예하게 설계하는 편도 아니고, 야망에 불타기는커녕 야심 찬 하루의 계획도 쉽사리 무너지곤 하는 적절하거나 어정쩡한 '나'임을 스스로도 안다. 하여 10년이란 시간에 대충 버무려진 어설픈 내 경험을 진리인 양 드러내고 싶지도 않았다.

그럼에도 '10년차'라는 라벨은 당장 '10년차가 되면 ~다.'라는 어쭙잖은 감상이라도 내놓아야 할 것 같은 압박

이 있다. 이것은 도대체 어디에서 비롯된 걸까. 근래 들어 대중들의 '일'에 대한 본질적 관심도가 높아져 미디어에 직업 이야기가 많이 나온다. '○○ 분야의 10년차가 된 ~'이라는 수식어와 함께 '이야~' 하는 청자의 탄성이 따라붙는 걸 보면, 아까 등장했던 그 승냥이 떼들 같던 주변인들이 모두 잘못됐을 리 만무했다. 사회인이 되고 분명 5~6년차 때까지만 해도 대학원, 이직, 퇴사 등등을 머릿속 한구석에 띄워둔 상태였지만 언제부턴가 모든 것이 희미해졌다. 희미해졌다기보다는 회색에 가까워졌다는 게 더 솔직할 것이다. 이 색 저 색을 섞다가 실패하거나 멈추면 늘 찐한 어디에도 쓸데가 없는 회색이지 않나.

어느 오후, 팔레트에 남겨진 물감 똥 같은 회색 인간이 회색 푸념을 늘어놓다가 문득 생각이 떠올랐다.

'두부와 푸코의 삶도 10년을 넘었구나,,,,,,????!!!!!'

두 동물의 10년은 엄밀히 따지자면 사람의 세월에서는 60~70년 정도이겠지만, 그만큼 보다 압축적이고 면밀하게 살아내고 있을 두부에게 물었다.(둘의 정확한 나이는 모른다. 그저 갈린 이빨과 느긋한 행동으로 나이를 추측할 뿐)

👩 : 두부야 자니? 10년이란 시간은 어떤 의미냐?

🐱 : 나는 시간에 의미를 두지 않아. 그저 츄르<두부가 온 마음을 바쳐 사랑하는 액체형 간식>를 먹은 날과 아닌 날로 나눌 뿐.

👩 : 네가 살아온 시간만큼 나는 한 가지 일을 해왔어. 한 분야에 종사한 지 10년이나 됐는데 여전히 미숙하고, 내가 이 일을 진짜 하고 싶은 건지, 더 좋아하는 일이 있지는 않은지 잘 모르겠어. 어쩌다 보니 성인이 됐고 당장 하고 싶은 것도 없는데, 제 앞가림을 해야 해서 시작은 했지. 종종 누가 "왜 그 일을 선택했어요?"라고 물으면 또렷이 할 말이 없더라.

🐱 : 나도 내 삶이 이렇게 될 거라고 생각해 본 적 없어. 그리고 또 어떻게 될지도 몰라. 삶은 근데 그럼에도 불구하고 그런 거야. 무슨 이야기냐면, 그냥 그런 거라고. ㅋㅋㅋ

👩 : 10년을 살아보니까 어때? 너의 10년과 나의 10년. 글로 쓰려니까 좀 정리해서 말해 줘.

🐱 : 인간들은 사회인으로서 10년, 유년기 10년, 혹은 입시하느라 뭐

어쨌다 5년, 결혼까지 몇 년 이런 식으로 나눠서 보는 것 같아. 근데 좀 어리석어 보임. 나에게 10년은 전부야. 1년이어도 전부고. 제야가 나를 발견했다고 믿는 그 계단에서의 순간도 전부야. 사실 내가 제야를 택한 거지만. 아무튼 매순간이 전부라는 말이지. 생각해 봐. 뉴스를 검색해 보면 알지. 갑자기 생을 마감하는 무수한 사건들. 소나기처럼 날아든 소식들. 슬퍼할 틈도 없이 떠난 많은 것들. 그리고 또 새로이 나타나는 것들 모두. 그냥 그게 전부야.

잠시 대화를 멈추고 반추해 보기로 했다. 앞으로의 10년과 지난 10년을 두고 저울질해 본다. 그대로 흘러도 좋은가. 나는 지금 여기에 있으나, 여기에 없기도 하다. 시간의 영속성과 무한함 속에서 인간이라는 생명체는 유한함을 헤아리며 내일을 두려워한다. 회색 인간인 나는 흰 고양이의 위로에도 여전히 두렵고 알쏭달쏭하다. 어떻게 살고 죽을지에 관한 것. 다소 철학적인 질문에 대해 난해함은 하나도 해결하지 못한 채 결국 두부의 오드아이 속으로 도망친다. 어차피 '정답'이라는 건 없다는 걸 알기에 해소는 안되지만 객관화에 도움이 되는 느낌. 싸늘하게 고상한 양반 길고양이의 동공으로 도망치는 것은 그래서 달콤하다.

: 나름 10년이란 시간 동안 '열심히' 산 거 같은데 왜 이리 아쉬울까?

: 뭘 하든 아쉬움이 남을 거야. 전력 질주하고서 되돌아보면 알 수 있지. "좀 더 힘껏 뛸 걸…" 그러잖아. 토할 거같이 뛰었으면서…, ㅋㅋ. 우매해. 자기 나름의 최선이라는 것도 잘 인정 안해 주는 분위기? 우매해, ㅋㅋ. 너는 내가 '나름'이라고 말하면 부정형으로 받아들이는 것 같아 한마디 하겠는데, 그것은 다양성에 대한 존중이야. 매일 밤새며 지내는 제야도, 매일 반나절 이상 뒹굴뒹굴하며 사는 당신도, 그리고 먹을 궁리만 하는 좀 한량 같은 저 누렁이도, 미모로 먹고사는 나도. 각각 '나름'의 방식으로 최선을 다해 살아내고 있는 거라고. 그니까 츄르 주셈.

: 그럼 나름대로 살아낸다고 해도, 아쉬움이 남을 때는 어떡해?

: 아쉬워한다고 달라질 게 없으니, 아쉬워할 시간에 낮잠이나 자. 몽상도 좋고, 햇살을 즐겨. 즐길 수 있는 햇살이란 게 영원하단 보장도 없고, 오늘 맡은 꽃향기가 내일은 안 날지도 몰라. 그냥 지금이 전부라니까. 순간을

살아봐. 속이 편해져. 아쉬울 게 없지. 그래서 내일 생이 끝나도 나는 좋아. 잘 먹고 잘 싸고 잘 놀다가 아쉬움 덜하게 갈 거야. 좋은 걸 찾기 힘들면, 미친 듯이 싫은 것부터 지워봐. 나는 거의 다 지워서 없어. 반대로 이야기하면 좋은 것만 하고 살지. 크~ 인간계의 영원한 과제.

: 고마워. 나는 여전히 내가 뭘 좋아하는지 확신이 없어. 그래서 한 가지를 길게 온 마음을 다해 무언가를 하는 사람들을 보면 참 부러워. 몰입, 어떻게 보면 '헌신'이랄까. 너는 살면서 후회 같은 거 해본 적은 없어?

: 후회하면서 살기엔 생이 너무 짧다니까 몇 번을 말해. 단언컨대, 나는 너보다 하루를 더 진하게 음미하며 지내지. 저 누렁이도 엄청나게 음미해. 간식 위주지만. 그것도 행복한 거라고 봐. 더 무서운 이야기 해줄까? 네가 보기엔 나는 남겨진 날이 너만큼 많지 않아 보이지? 하지만 사실 누구나 먼저 떠날 수 있는 거야. 그런 거 보면 하루살이가 제일 제대로(?) 오래 행복하게 사는 것일 수 있어. 우린 하루살이나 매미를 동정할 처지가 못돼. 인간인 너는 더더욱. 사실 뭐, 내가 길에서 겪은 끔찍한 장면들조차 너희는 매일 겪으며 살고 있잖아. 아, 오늘 말을 지나치게 많이 했다. 휴르 좀.

두부는 그렇게 여지없이, 후회 없이 내일을 향할 것을 당부했다. 켜켜이 지난 과거도 그 당시에는 살 떨리는 현재였다. 미래도 곧 현재가 된다. 그러므로 순간이나 제대로 살아보라던 두부의 말이 맞는 것이다. 진부한 클리셰처럼 시한부의 생을 선고 받는 순간부터 생에 대한 집착이 강해지는 장면이 생각났다. 살아 있는 모든 것은 태어난 순간부터 죽음을 향해 가고 있기에, 살아 있는 모든 것들은 각자 나름의 시한부 선고를 받아두고 생겨난 것이다. 공평하다.

사노 요코의 그림책 〈백만 번 산 고양이〉에서는 백만 번 다시 태어나고 무엇이든 되고 경험했던 고양이가 나온다. 무엇이든 되었던 고양이는 삶에 대한 애정도 흥미도 느끼지 못한 채 계속 태어난다. 그러다 백만 번째 태어났을 때 진정한 사랑(흰 고양이)을 만나고 그녀가 죽자 엉엉 울다 다시 태어나지 않는다. 주인공 고양이는 그전까지 제대로 살아본 적이 없다는 삶에 대한 미련 때문에 다시 태어났던 걸까. 실제로 책의 작가도 암으로 시한부 선고를 받은 후 금연을 포기하고 녹색 재규어를 샀다고 한다. 시한부의 등장은 그녀의 우울증을 걷어냈다. 생에 대한 집착이 빚어내는 긴장감은 시한부 선고라는 아이러니에 의해 해소되었다.

반복되는 오늘이 없다면 우리는 오늘 무엇을 해야 후회하지 않을까. 나름의 최선을 다하고 있기에 무엇을 하든 후회를 하진 않을 것이며, 약간의 반성은 있을지 모르겠다. 다만 분명한 것은 게으른 나와 더 게으른 푸코와 아주 바쁜 제야와, 이 시간에 어딘가에서 혼자 슬픔을 달래다 지친 이름 모를 이웃들 모두 고단해도 행복하길 바라며, 복잡하고 풀리지 않을 질문들을 받아준 두부에게 츄르를 선물한다.

개의 밀도와 고양이의 속도

"세상이 정말 빠르게 변하는 것 같아요. 어떤 속도로 살아야 할지 모르겠어요."

급변하는 세상은 지난 몇 년간 마음을 눌러내는 것 중의 하나였다. 뒤처지고 멈추고 나아가지 못하는 것에 대한 두려움. 오늘의 소식은 등장과 동시에 과거가 되어버리고, 과거의 상한 정보를 취식하기 싫어 오늘의 변화를 꾸역꾸역 집어넣다 결국 체해 버리기 일쑤였다. 팬데믹은 잠시나마 그 변화에 급제동을 거는 듯했으나 한편으론 정보화의 정도, 백신의 유무 등 유례없던 기준으로 파장을 일으켰다. 동시에 홀로 집에 체류하는 시간이 많아졌고, 되레 이는 손바닥 안에 끊임없이 세상을 퍼 날라 주었다. 특별한 노력 없이 타인의 취향, 세간의 관심을 관음

할 수 있는 시대. 나의 취향과 타인의 취향(혹은 자본의 취향)이 한데 버무려지고, 변화의 속도에 헐떡이며 사유 같은 건 뒤안길로 사라진 듯했다.

각자 살아가는 속도와 밀도가 다름에도 속도의 세상에 밀도를 이야기하는 게 순진하고 어리석어 보일지 모르겠다. 현재 나는 어쩌다 보니 세상의 기준에선 비교적 느린 속도의 일을 하고 있다. 사람에 따라 '아니에요. 쉽지 않은 일이에요.'라고 할 수도 있겠지만, 야근에 초근까지 물리적 시간을 할애하는 다른 직군에 비하면 느슨한 편이었다. 하지만 이조차도 나에겐 버거웠고 하루하루 헐떡이며 살아내기에 급급한 날들이 늘어트려졌다. 노동과 적절한 보상소비(시기적절한 여행, 그럴싸한 공연전시 관람 같은)가 뒤엉켰지만, 속 빈 강정 같은 알맹이를 그럴싸하게 포장한 꼴 이상 이하도 아니었다. 결국 시간조차 돈인 사회에서 돈과 시간을 등가교환해 노동을 줄였다.

다행인 건 물리적 노동 강도를 줄인 지 어느덧 3년째가 넘어가니 자연스럽게 사유와 산책이 허용된 삶의 밀도는 높아지고, 여태껏 고수해 왔던 속도는 현저히 낮아졌다.

어쩌면 자리 잡은 동네가 내뿜는 속도가 이를 더욱 견고하게 만들었다고 확언한다.

전에 살던 곳의 산책길에는 거의 매일 공사 현장이 있었고, 늘 힙한 젊은이들이 즐비했다. 1년을 버틴 가게가 대단하게 느껴질 수 있는 곳이기도 했다. 한 발짝 떨어져서 보니 수많은 원자가 빽빽이 밀집되어 부딪혀 내는 열과 소리에서 꽤 피로감을 느꼈다는 걸 알았다. 끊임없이 움직이는 저들처럼 뭐라도 해야 할 것 같은 무언의 압박 혹은 무언가를 시작하는 이들에게는 더없이 좋을 활기.

새로 우리가 자리 잡은 곳은 과거에 비하면 그 속도가 흐려져 마치 존재한 적이 없었던 것처럼 느껴진다. 거기에 나이가 많은 푸코와 두부는 세상 느긋한 속도로 공기를 유영한다. 우리가 같은 공간에 존재하는 게 맞는지 의구심이 들 정도로 둘은 조용하고 정적이고 차분하다. 도시의 구석에 있는 우리집은 개의 발톱과 마룻바닥이 부딪히며 만든 소리 외엔 거의 아무 소리도 존재하지 않는다. 이런 진공의 공간에서 두 녀석은 하루 대부분의 시간을 햇볕을 쬐거나, 따뜻한 자리를 찾아 눕거나, 반려인의 게으른 행동들을 구경하곤 한다. 간혹 부스럭거리는 소리에 일어나 먹이를 향한 기대를 안은 작은 움직임들이 있다.

물론 어릴 적 푸코와 두부는 그 누구보다도 매순간 치열하게 살았을 것이다. 그저 길 위의 생활들은 고단하고 거칠었을 것이라는 미약한 상상만 해볼 뿐. 그래서 그 빽빽한 시기를 거쳐 지금은 노년의 여유를 즐기고 있는 게 느껴져 한편으론 다행이다. 비록 두 녀석의 에너지가 정점을 찍었을 때를 규시하진 못했지만, 처음 녀석들을 만났을 때보다 둘은 현저히 느슨해지고 여유로워졌다. 그 여유는 타인에 대한 경계의 벽을 낮추고 변하는 주변 환경을 덤덤하게 받아들이도록 만들었다. 낯선 사람의 손길에 움찔거리던 푸코와 낯선 사람의 출현만으로도 허겁지겁 도망가던 두부는 이제 그들에게 다가와 간식과 손길을 요구하기도 한다. 아침이 되면 출근 시간에 쫓겨 분주한 나와 달리 둘은 거실 바닥에 널브러져 각자의 시간을 향유하며 인간 사회의 산물을 비웃기도 한다.

얼마 전 누구보다 삶을 촘촘하고 뜨겁게 사는 K를 만났다. 얄파리한 봄 새싹 같은 그녀는 의미없이 흘려보내는 시간을 아까워하고 관심사들을 탐닉해 나가며, 이를 실행으로 옮긴다. K는 직업의 타이틀보다 그녀의 행위 자체를 사랑했다. 하루는 K와 함께 같은 밀도의 시간을 나눌 일이 생겼는데 그 다음날 나는 기진맥진해서 회복하기에 급급했다. 매일 이 밀도로 살아가는 그녀가 어떻게 쓰러지지 않고 살아나가는지, 무엇이 그녀를 그렇게 달구고 움직이게 하는지 옆에서 관찰하는 것만으로도 흥미로웠다. 물론 K의 눈빛은 늘 형형했다. 몰입과 치열함이 그득 담긴 눈빛.

또래의 친구가 가까이에서 밀도 있게 삶을 살아낼 때면 여러 감정이 교차한다. 무언가에 매진하며 삶을 산다는 것이 부럽기도 하고, 사는 대로 생각하는 대다수의 사람 속에서 생각하는 대로 사는 보물 같은 존재들이기에 감사하다. 이렇게 순간을 꽉 차게 살아내는 이들은 세상에 불편하지 않은 열기를 더한다. 그들이 뿜어내는 에너지가 전해져 나도 데워지는 것 같아 그들이 발산하는 열을 애정한다. 마치 한겨울 전기담요를 찾아드는 두부처럼. 어쩌면 정답이 없는 문제에 그들의 행보는 나에게 일종의 모범답안 정도의 역할을 했다. 모범답안은 정답이 없다고만 하는 삶에 약간의 안도감을 주었다. 모범답안 같던 K와 일 년 만에 우연히 지방의 한 결혼식장에서 다시 만났을 때 그녀는 말했다.

"나 다른 직업 알아볼까?"

그녀를 만난 후 흔들리는 서울행 기차 안에서 나는 또 다른 답안을 마련해야 했으며, 무한회귀하듯 속도와 밀도 문제에 빠져들었다. 매번 밖에서 찾은 모범답안의 변수가 생길 때마다 흔들릴 수는 없었다. 광포한 속도는 가까스로 찾아냈다고 믿었던 주변의 사례들을 보란 듯이 부수었다. 결국 어느 과학자의 말처럼 밀도 있는 삶을 위해선 너무나도 빠르게 변하는 시대에 변하지 않는 것이 왜 불변하는지 면밀히 살피고 자신의 축을 찾아야 했다. 그렇게 쌓인 고유의 축은 자연스럽게 외연의 변화를 대비할 수 있게끔 한다.

그리고 변화에 마모되지 않도록 축을 '어떻게' 쌓을지도 중요했다. 다이아몬드와 흑연은 둘 다 탄소로 구성되어 있지만 다이아몬드는 정사면체 구조이고 흑연은 판상 구조이다. 이 때문에 같은 원소로 이루어져 있어도 다이아몬드는 흑연과 비교할 수 없는 단단함을 지니고 있다. 매순간의 선택과 사유를 정사면체로 쌓아낸다면 이는 삶의 뿌리가 깊은 기준이 되고 순간의 선택을 후회하지 않도록 이끌 수 있을지도 모른다.

확실한 건 개의 밀도와 고양이의 속도는 반비례한다는 점이다. 둘은 순간을 촘촘히 살아내고 있고, 그 순간들은 쌓이고 눌려 강한 밀도를 만들어낸다. 녀석들은 최적화된 동선과 최소한의 활동량으로 정말 필요한 곳에만 에너지를 쓴다. 짙은 농도와 단단한 밀도는 느린 듯 보이지만 자기만의 속도를 유지하고 있다. 무언가에 뛰어들어 바깥세상의 속도에 휘둘리지 않고 내면의 고요를 찾아 자기 속도를 만들어낸다. 정작 나는 어떤 속도로 살아내고 있는가. 두 시간도 채 되지 않는 시간에 300km를 통과하여 수서역에 하차하곤 한다. 풍경조차 흐릿하게 만드는 속도로 인해 지나쳐온 건 무엇인지, 다음번엔 조금 느린 열차를 타고 가보자고 기약 없는 다짐을 한다.

개체1, 개체2, 개체3의 분자구조

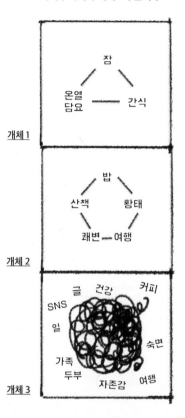

사랑하는 김푸코에게 고백함

친구 L이 보호소에서 콩심을 데려온 후 겨울

사실 콩심이를 처음 만났을 때 마음이 꽤 붕 떴던 것 같아.

어린 생명체의 힘. 그 힘이 넘쳐나는 구간을 이미 지난 네가 나에게 왔으니, 나는 내심 어리고 혈기왕성한 강아지를 동경했던 걸지도 모르지. 그래서 에너지의 집약체 같던 콩심을 만나는 것만으로도 즐거웠어. 아무리 불러도 멀뚱히 쳐다볼 뿐 다가오지 않는 너와 달리, 콩심이는 이름을 부르면 신나게 달려왔지. 환대를 재량할 수 없다는 걸 알면서도 크기가 다르다고 생각했는지도 모르겠어. 약간 뚱하고 미묘한 즐거움 정도로 마음을 나타내는 너에 비해 온 얼굴에 감정이 다 드러나는 콩심이를 보면서 L이 부럽기도 했어.

문득 책에서 보니 반려동물과 반려인이 서로 영향을 주고받으며 조금씩 닮아간다고 하더라. 나는 우리의 생활 습관, 하루의 패턴만 얼추 비슷해졌다고 생각했거든. 그런데 외모도 성격도 비슷해져 간다는 이야기에 괜히 먹먹하고 미안해지더군. 어떤 사건에 크게 동요되지 않으려고 늘 벅차오르는 마음을 꾹 누르고, 감정의 파고가 높아질까 두려워 감응력을 억제하는 게 바로 나였어. 그러면서도 나는 콩심의 투명한 표정들을 새삼 부러워했던 게야. 하지만 꾹 누른 마음 뒤에 나는 내가 얼마나 저 심연 아래에서 동요하고 있는지 알고 있었어. 모두가 울어버린 슬픈 자리에서 혼자 밀려오는 슬픔을 꾹꾹 눌러내다 결국 집에 돌아와 적막과 함께 눈물 콧물 범벅이 되는 나를 나는 알고 있어.

사실 너도 엄청나게 표현하고 싶었을 거야. 이곳저곳 전전하며 자라다 보니 그런 응석을 받아줄 누군가가 없었기에 애매모호한 표정으로 덮어버리고 있다는 걸 난 잊고 있었어. 그래서 가끔 뛰노는 너른 공간에서, 냄비에

끓여지는 황태 냄새 앞에서 무장 해제되어 함박웃음 짓는 모습을 보고 싶어서 나는 네가 웃는 상황들을 찾아나갔던 걸 거야. 한 해 한 해 시간이 지나면서 산책하러 가자고 응석부리는 모습도, 간식을 달라고 빙빙 돌며 애교 부리는 모습도 나는 그것만으로도 감사해.

사람이 다른 사람을 싫어할 때는 그 사람에게서 본인의 싫은 점이 비치기 때문이라는 걸 알아. 실컷 자기 마음을 드러내지 못하는 너에게서 내가 비쳐져서 나는 콩심을, L을 부러워했던 거야. 그런 너나 내가 애잔해서.

푸코야, 너의 에너지 넘치던 시절을 함께하지 못해서 묻힌 아쉬움이 있지만 덕분에 나의 빈약한 상상력으로 메워보곤 해. 나의 학창 시절처럼 너의 어린 시절도 사실 아득하고 암흑 같은 역사였을지 모르니, 어쩌면 그 시절에 만나지 않은 게 다행일지도 모르겠다고 무의미한 자기합리화를 시도한다. 학창 시절의 첫사랑은 아련함과 부끄러움과 미련으로 범벅되어 있는 걸 보면 말이야. 그리고 만난 지 6년이 지난 지금 6년 전보다 네 에너지가 많이 줄어든 게 문득문득 실감나서 생각이 많아진다. 더 기력이 쇠해지기 전에 많이 같이 놀러 다니고 싶은 내 욕심에, 외출하고만 오면 네가 코를 골며 자는 건지 나는 생각이 많아져. 아마 낯선 곳에서 그저 후각과 청각으로만 공간을 탐색하려니 긴장감도 에너지도 몇 배는 더 드는 거겠지. 그럼에도 너른 잔디밭에서 다른 강아지들 냄새를 맡으며 신나게 발차기하는 네 모습에 뭐가 너에게 좋은 방향일지 매일 고민이 커져간다.

  언제 올지 모르는 피할 수 없는 미래 때문에 지금이 자꾸 눈물에 물들어 걱정이다. 그래도 정말 많이 아낀다, 누나가. 콩심한테 친절하게 대해 줘서 고마워. 하지만 나의 0순위는 늘 우리 누렁이야. 괜히 오해할까봐 편지로 남긴다. 새해 복 많이 받아.

빨간 스쿠터 트라우마,
이유 있는 개고집

길에서 흔하게 볼 수 있는 배기량이 많지 않은 빨간 스쿠터. 나는 푸코와 가끔 의외의 것에서 동질감을 느낀다. 산책할 때 푸코가 길을 가다 간혹 진절머리 치며 버틸 때가 있다. 바로 빨간 스쿠터를 마주할 때. 빨간색을 구분하지 못할 텐데 이상하게 빨간 스쿠터를 보면 기겁하고는 가던 길을 멈춘다. 심할 때는 뒷걸음질치고 아예 주저앉아버리기도 한다. 정확히 말하자면 문제의 빨간 스쿠터는 정말 전형적이고 고전적인 배달용 스쿠터인 D사의 시티라인일 것이다.

특히 40~50대의 중년 남성이 이 스쿠터를 타고 있으면 푸코는 얼어붙은 채 움직이지 않는다. 스쿠터 배기구멍의 배기음 때문일까 하는 추측도 해보았으나 그냥 서 있는 스쿠터만 봐도 그러니 그 형태 자체가 녀석에게 위압적으로 다가오는 것 같다. 어떤 요인이 푸코를 얼어붙게 하는지 몰라서 초창기에 산책할 때는 시바스러운 '고집'이라 치부하며 억지로 녀석을 안고 가거나 채근했다.

"푸코야, 왜 안 가는 거야. 가자, 가자."

몇 번의 산책으로 '푸코는 빨간 스쿠터를 싫어한다, 아니 무서워한다.'라는 결론이 나왔다. 푸코도 빨간 스쿠터를 탄 중년 남성에 대한 어떤 트라우마 같은 게 있는 걸까.

나의 빨간 스쿠터 트라우마는 10대 시절에 닿아 있다. 중학생 시절의 어느 주말, 친구들과 체육 수행평가를 준비하기 위해 모이기로 했다. 한적한 주말의 학교는 모이기 좋은 장소였고, 학교 가는 지름길은 유독 한적했다. 철거를 기다리는 건물들과 아파트 사이의 작은 2차선 도로 옆 인도에는 이미 노랗게 물든 은행나무가 줄을 맞춰 서 있었다. 주말의 날씨답게 따사로웠기에 나는 햇볕에 맞춰 걷고 있었고, 왼편에 빨간 스쿠터 한 대가 나와 맞춰 가고 있었다.

어른이 된 지금 생각해 보면, 스쿠터가 사람 보폭에 속도를 맞춰 간다는 것부터 이상했다. 하지만 주말 햇살에 심취했던 나는 햇살과 노란 낙엽, 주말의 즐거움에 젖어 아무 생각 없이 걸었다. 한창 세상의 모든 게 신나고 설렐 나이가 아니던가. 빨간 스쿠터에는 통통하고 안경을 낀 빨간 헬멧을 쓴 남자가 타고 있었고, 그는 나를 보며 싱긋 웃었다. 시력이 좋지 않았던 나는 공부할 때만 안경을 썼기에, 흐릿하게 그의 선명한 빨간 헬멧과 스쿠터를 응시한 채 의아한 표정을 지으며 걸었다. 빨간 스쿠터와 나는 나란히 걸어 학교로 들어갔다.

'저 사람은 왜 학교에 가지? 학교에 이륜차가 들어올 수 있나?'라는 찰나의 고민이 떠도는 순간, 멀리 미리 도착해 있던 친구가 보였다. 나는 그녀를 향해 손을 흔들었으나 이내 무색해지고 말았다. 용감하고 씩씩했던 친구는 맞은편에서 주먹만 한 짱돌을 들고 달려왔다. "저 새끼 고자 만들 거야!!!!!!!"라는 외침과.

뒤를 돌아보았다. 빨간 스쿠터를 탄 빨간 헬멧을 쓴 남자는 자기 주요 신체부위를 꺼내놓은 채 내 뒤를 따라 학교로 들어오고 있었다. 나쁜 시력과 좁은 시야를 가지고 있던 나는 전혀 그의 행동을 인지하지 못한 채 그와 함께 학교를 들어오고 있었던 것이다. 내 인생의 첫 바바리맨. TV에서만 보던 그 바바리맨. 심장이 북 치는 소리만큼이나 크게 요동쳤다. 태연한 척 어른인 척 아무렇지 않은 척 시도해 보았지만 빨간 스쿠터의 실체를 알아차린 이후 전혀 쓸모없는 노력이었다. 그나마 안경을 쓰지 않고 있어서 정확히 보지 못한 걸 감사하며 속으로 욕을 곱씹었다. "하, 시바."

　그 사건 이후 절대 주말엔 학교에 가지 않았다. 아니 못했다. 우습고 머저리같이 희화화된 바바리맨의 이미지는 그저 TV에만 존재했다. 돌을 들고 뛰어와 준 친구가 고마웠고(이름이 아직도 생각난다. 아직도 그때처럼 씩씩한지 궁금한 W), 골목을 지날 때마다 스쿠터를 탄 이가 보이면 시선을 회피하거나 가급적 혼자 골목을 지나다니지 않았다. 160cm도 되지 않는 여중생이 들고 뛰어온 돌에 도망간 걸 보면 그가 다시 나타나 해코지할 일은 없을 것이라는 걸 알지만, 한동안 비슷한 부류의 사람만 봐도 지레 겁을 먹고 등하교를 해야 했다.

십여 년이 지난 지금도 그 남자의 얼굴, 눈매, 몸집, 피부색, 그리고 빨간 헬멧과 스쿠터까지 선명하게 기억한다. 덜컹 내려앉은 심장까지도. 꽤 바래졌을 법한 시간이 지났음에도 붉은 그 색은 또렷이 남아 있다. 20여 년이란 시간이 아무런 힘을 쓰지 못할 정도로 나조차도 여전히 생생하게 불쾌한데, '어떤' 사건을 겪은 지 5~6년밖에 안 된 푸코가 빨간 스쿠터 앞에서 발걸음을 떼지 못하는 것은 당연했다. 다만 그에게는 무시무시한 돌을 들고 소리치며 달려오는 지켜줄 동료가 없었기에 오롯이 그 모든 두려움을 혼자 감내해야 했을 것이다. 말 못하는 짐승이기에 단순한 수치심과 불쾌감 이상의 생명에 대한 위협 같은 것이었을지도.

녀석의 트라우마가 씻겨나갈 수 있을까. 도대체 어떤 시간들을 겪고 녀석은 현재에 온 걸까. 푸코가 그림자에 움찔거릴 때나, 이유 없는 고집을 부릴 때 나는 다시금 녀석의 털 속의 상흔을 뒤적여 본다. 인간에게 그렇게 상처받고도 다시 인간에게 마음을 열어주어 감사할 뿐이다.

인터넷 기사에서 정신의학과에 정작 가야 할 사람들은

오지 않고 그들로 인해 상처 받은 이들이 가득하다는 웃지 못할 댓글을 읽었다. 나에게, 푸코에게 찢고 싶은 기록한 조각을 남겨준 그들은 어디에선가 지금도 누군가에게 하찮은 힘들을 휘두르며 잘살고 있을 것이다. 지금에 와서야 그것도 '폭력'이었다는 사회적 분위기가 형성되어 빨간 스쿠터들에게 겪었던 쓰린 기억을 덤덤하게 얘기할 수 있지만, 여전히 '예민하게 군다' 같은 말들은 어떤 이들을 걸어 넘어뜨리기도 한다.

요즘 뉴스에서 심심찮게 동물 학대하는 기사를 본다. 차에 매달고 가거나, 때리거나. 푸코와 내가 겪었던 불쾌한, 때로는 생명의 위협까지 느낄 수 있던 경험들은 모두 약한 존재에 대한 우월감을 과시하려는 찰나의 폭력적 유희였다. 그로 인해 평생의 상처를 안고 가야만 하는 사람도, 개도 여기 있다. 인류애를 종종 상실하곤 하지만, 푸코는 사랑만큼은 잃지 말라고 조언한다. 이제는 서로가 서로의 짱돌이 될 수 있지 않겠냐며 함께 빨간 스쿠터에 맞서보고자 다시금 산책을 서둘렀다.

part 3

다 같이 걷기

전지적 OOO 시점

생활공간을 옮기고 반려견, 반려묘, 반려인의 온전한 동거가 시작된 지 이제 석 달이 겨우 되었다. 그 사이 셋은 각자의 영역을 파악했고 생활패턴을 파악해 나가기 시작했다. 다음은 두부가 처음 오던 날 우리 셋이 남긴 기록이다.

유월 이십일일

part 1: 이상한 놈 출현, 스트레스(김푸코)

최근 이사를 했다. 전에 살던 곳은 아는 개들이 많아서 돌아다니기 좋았는데 이번엔 어떤 곳일까. 여기저기 옮겨 다니는 걸 싫어하는 편은 아니어도, 아무래도 소란스러워지니 스트레스를 받는 것 같다. 식구들에게 티는 내지 않지만 집을 옮기고 나면 잠이 엄청나게 많아진다. 인간이 거처를 옮기려고 집안 곳곳을 다 헤집어 놓는데 그 사이를 돌아다니는 건 정신없다. 인간은 뭐 이리 필요한 짐이 많은지 모르겠다. 산책도 가끔 빼먹고 밥 주는 것도 까먹는 것 같다. 하여간 정신없는 인간만큼 나도 정신이 사나웁다.

　우여곡절 끝에 이사했는데, 이번엔 달라진 것들이 있다. 새로운 식구가 늘었다. 인간 같아 보이진 않고, 사실 식구인지도 모르겠지만 냄새는 익숙한 녀석이다. 아주 오래전부터 맡아본 냄새다. 녀석은 희고 나랑 덩치가 비슷한데 아무리 꼬리를 흔들고 인사해도 좀처럼 받아줄 생각이 없어 보인다. 높은 데 있는 걸 좋아하나 보다. 그리고 되게 조용하다.

　좀 더 친해지고 싶어서 쫓아다녀 봤다. 보통 친구들과는 엉덩이 냄새를 맡으며 인사하니까, 엉덩이를 쑥 내밀었더니 난리난리를 친다. 결국 세 번째 엉덩이를 들이미니 발톱으로 날 할퀴었다. 얼핏 보기에는 동그랗고 폭신해 보였는데 야비하게 그 속에 발톱을 숨겨놓았다. 미안하다는 말도 없고 나한테 관심이 없는 것 같다. 그럼 서로 있는 듯 없는 듯 지내면 좋은데, 자려고 누우면 집안 곳곳을 돌아다닌다. 나는 잠귀가 밝아서 조금만 누가 움직여도 잠에서 깬다. 거슬린다.

그러다 사건이 터졌다.

오늘도 평소처럼 잘 시간이 돼서 침대로 갔다가 당황했다. 인간의 침대는 내 방석보다 훨씬 부드럽고 폭신해서 거기서 자는 게 좋다. 그런데 웬걸. 그 녀석이 미리 와서 자리를 차지하고 있었다. 인간 옆자리에 눕고 싶은데 온몸을 뒤집어 까고 누워서 나갈 생각을 안한다. 내가 가서 누우려고 하면 계속 째려본다. 좀 어이가 없다. 며칠 있다 가겠지 싶어 오늘은 그냥 두기로 했다. 어휴!

결국 어젯밤은 어쩔 수 없이 부엌에서 잤다. 속상하다. 도대체 정체가 뭘까? 인간이랑은 어떤 사이일까? 인간이랑 친한가? 왜 갑자기 나타난 걸까? 인간이랑 아는 사이라 온 건가? 인간은 이 녀석이 왜 나타났는지 알고 있으려나 모르겠다. 인간한테 따로 말 안해도 될지 모르겠다. 여하튼 성가시다.

part 2: 무제(이두부)

새로운 곳에 왔다. 나에게는 공간이 중요하다. 즉 거처를 옮기는 건 기존의 우주를 부수고 다른 우주를 구축해야 하는 것만큼 힘든 일이다. 내가 머무는 공간이 나인 셈이기에. 그런 의미에서 여긴 어딜까.

저것들은 무얼까. 저건 왜 저렇게 돌아다니는 걸까. 왜 가만히 있지를 못하는 걸까. 왜 자꾸 나를 자극하는가. 저건 살아 있는 걸까. 사냥해 볼까. 좀 큰가?

졸리다. 평소보다 많이 움직였다. 한시라도 빨리 잘 자리를 찾아야 한다.

배도 고프다.

집에 가고 싶다.

part 3: 공간이동은 힘들다(윤끼)

딸린 식구들을 데리고 거처를 옮기는 일은 여간 어려운 일이 아니었다. 처음 혼자일 때는 이사가 대수롭지 않았다. 마음에 드는 거처만 있으면 언제든 옮겨다니곤 했는데 1인 가구에게 반려 식물이 먼저 생겼다. 세 개의 거

대한 식물을 데리고 이동할 때도 행여나 흙이 뒤엉겨 날아가진 않을까, 뿌리가 흔들리거나 잎이 다쳐 시들어버리진 않을까 하며 이사했었는데, 동물들을 옮기는 것은 다른 차원의 문제였다. 이동이 수월한 푸코와 달리 영역 동물인 고양이가 기껏 적응해 놓은 영역을 완전히 뒤틀어버린다는 게 간단한 문제가 아니었다. 이동장에 실린 두부는 세상이 갈라질 것처럼 울었다. 온갖 괴성을 지르던 녀석은 새집에 도착하니 최대한 은밀한 곳을 찾아 숨기 바쁘고, 푸코는 늘어져 있는 이삿짐 사이사이를 돌아다니며 떨어져 있는 사료를 찾았다.

오늘은 공간을 다듬고 정리하며 둘의 관계도 하나씩 정리했다. 다행스럽게도 동물 TV 프로그램에서 보던 것처럼 큰 다툼은 없지만 둘은 어색한 거리를 유지하고 있다. 크게 간격이 좁혀지진 않았으나 공간 안에 '놓여져' 있다. 서로서로 인식하고 있는 건지 의문이 든다. 움직이는 식물처럼 서로 호흡만을 내뿜은 채 존재한다. 움직이는 식물은 동식물인가?

서로 다른 종들끼리 합사를 하는 것이기에 좀 더 정확

한 공부가 선행되어야 했다는 후회도 밀려온다. 녀석들이 '개와 고양이'라는 걸 이사에 밀려 잊고 있었다. 갯과의 개와 고양잇과의 고양이. 그저 인간과 개가 종이 달라도 서로 어느새 적응하고 지낼 수 있다는 경험적 가능성에 빗대어 합사를 시도했다. 각기 다른 장을 가진 우리에게서 포유류라는 것 외에 교집합을 찾기는 쉽지 않아 보인다. 여전히 인간조차도 고양이의 언어는 전혀 예측불가능하다. 인간 옆에 있고 싶어하는 것 같기도 하고 무엇인가 요구하는 것 같기도 하지만 또 막상 다가가면 도망가 구슬 같은 두 눈으로 이곳저곳을 훑을 뿐. 푸코와 두부가 서로의 진한 체취를 사전에 많이 공유하고, 새로운 공간에 대해서 각자 적응한 뒤 만나게 했으면 어땠을까.

그나마 다행인 건 둘 다 새로운 공간에서도 식사를 거르지 않는다는 점이다. 며칠 동안 데면데면 거리를 유지하면서도 식사 시간이 되면 누가 먼저랄 것도 없이 두 녀석은 한마음으로 인간에게 먹을 걸 요구한다. 먹을 때만큼은 한식구 같아 보여서 다행이다. 그래서 食口인가.

사람이든 개든
고쳐 쓰는 거 아니다?

개를 키우면서 알게 된 것 중 하나는 유년기에, 즉 한 살이 되기 전에 개의 많은 것들이 결정된다는 점이다. 보통 개는 일 년만 지나도 성체라고 한다. 그리고 놀랍게도 그 짧은 일 년 사이에 개가 어떤 환경에서 어떤 이들과 함께하는지가 개의 삶 전체를 좌지우지한다. 얼마나 다양한 환경에 노출되었고, 얼마나 많은 허용적인 상황을 경험하고 안정감을 느꼈는가에 따라 개의 일생이 달라진다.

우리집 푸코는 그 중요한 시기를 흘려보낸 건지 놓쳐 버린 건지 다시 새로 쓰인 건지, 불투명한 시기를 지나 약 4~5살쯤 되어서야 겨우 안정적인 생활을 누렸다. 덕분에 녀석은 다른 개들을 만났을 때 나타나는 모습이 꽹장히 서툴고 허접하다. 인간과 지내는 모습도 어릴 때부터 보통의 가정에서 자란 개보다는 훨씬 어색하다. 식습관도, 잠자리를 선택하는 모습도 하나같이 미디어에서 볼 수 있었던 굴곡 없이 자란 개들과는 사뭇 다르다. 처음엔 다소 독립적이고 배타적인 성향의 '종의 특성' 같은 것일까 싶었으나, 가끔 산책하다 만나는 비슷한 모습의 귀가 뾰족한 아이들이 다른 개들과 잘 지내는 모습을 보면 꼭 종의 특성 때문만은 아닌 것 같아 씁쓸하기도 했다. 그런 푸코를 이제라도 다양한 환경에 노출시켜주고 싶어 반려견 운동장에 데려가 보기도 하고, 어찌어찌 산책 친구를 만들어줘 보기도 했지만 괄목할 만한 변화는 일어나지 않았다.

또래들은 어느덧 새로운 가정을 꾸리고 더러는 부모가 되었다. 오고 가는 대화 속의 키워드가 자연스레 육아와 가정으로 바뀌었다. 그들은 기존의 가정에서 받은 양분을 거름 삼아 새로운 싹을 틔워냈다. 각자 지닌 유년기의 고유한 양분들을 공유하다 보니 표면에 보이는 것보다 가정의 형태는 다양했고, 그 안에서 구성원들의 역할과 관계도 천차만별이다. "모든 행복한 가정은 서로 닮았고,

불행한 가정은 제각각 나름으로 불행하다."는 어느 소설의 저명한 문장처럼 어느 것 하나 평범한 '보통'의 가정이라고 정의 내리기 어려웠다. 모름지기 한 가정을 관통하는 집안의 분위기가 있는데, 유년기를 어떤 토양에서 보냈느냐에 따라 삶을 꾸리는 모습들도 각양각색이었다. 개, 고양이만큼이나 인간에게도 '유년기'는 거대한 근간 같은 것이 되었다.

나의 유년기는 어떠했나. 모난 곳 없는 가정에서 자식을 키우고자 부단히 노력했던 부모님의 희생과 노력 덕에 나는 비교적 안정적인 유년기를 보낼 수 있었다. 그러나 한편으론 성인이 되기 전 당연히 스스로 던져야 할 질문들, 타인에 대한 귀 기울임, 그리고 효율을 따지지 않는 진실된 순간들을 채 갖추기 전에 유년기를 통과했다.

결국 크고 작은 구멍으로 오류는 켜켜이 쌓였고, 성인이 된 지금도 삶의 굵직한 문제들이 다가올 때마다 나의 결함들은 거친 요철로 드러났다. 그때마다 안과 밖으로 상처를 주고, 혹은 생소한 혼란스러움을 직면하는 것조차 회피했다. 그러다 보니 빚어지는 문제의 끝에는 건강한 자아 성찰이 아닌 빈 자아로 똘똘 뭉친 자기혐오로 결론이 나곤 했다. 푸코가 낯선 개에게 엉덩이 냄새 대신 얼굴을 들이미는 것처럼 나는 다른 양상으로 삐거덕삐거덕 성인으로서의 삶을 꾸리고 있었다.

성인이 되고 나서 "사람 고쳐 쓰는 거 아니다."라는 말을 듣곤 했다. 한때는 나도 고개를 끄덕이던 문장이었다. 사회에서 이러저러한 사람을 만나고 시간이 지나도 바뀌지 않을 것 같은 이들을 보며, 사람 본성이니 어쩔 수 없다며 상황을 다독이곤 했다. 그렇게 상대를 단정짓지 않으면 상처 받는 쪽은 내 쪽이었을 것이 자명했다. 한편으론 그렇게 스스로 자기합리화하지 않으면 뭉개지는 유약한 자존감과 게으름이 덧대어져 자신조차도 나름대로 단정짓곤 했다.

'나는 원래 이러니까 바뀔 수 없어. 본성은 크게 달라질 수 없어.' 습관처럼 던지던 이 말을 푸코와 두부에게 '유기견·유기묘 출신은 원래 그래. 어쩔 수 없어.'라고 대입하자니 잔인하고 슬프게 들려왔다. 될성부른 나무와 노란 싹수처럼 정해진 운명론적 태도에 갇혀 누군가의 변화 가능성을 차단하고, 그에 대한 희망을 체념했다는 강력하게 안타까운 말들이었다. 정말 사람도, 개도 고쳐 쓸 수 없을까.

인간들의 우매한 편견에 반박하듯 푸코와 두부는 어설프지만 다른 존재들과 함께 지내는 걸 시도하고 배워가고 있다. 사회화를 위해 나름대로 적응하려고 노력한다. 물론 생의 절반 이상을 차지한 유년기의 때를 벗겨내는 일은 백지에 새로 쓰는 일보다 훨씬 많은 에너지와 의지를 요구한다. 그럼에도 지우고 다시 써내야 하는 부분들. 여전히 푸코는 겁이 많고 먹이에 집착하는 바람에 다른 개들에게 꼬장꼬장할 때가 많지만, 때로는 먼저 같이 놀자고 엉덩이를 든 채 꼬리를 신나게 흔들기도 한다. 낯선 이의 방문에 숨기 바빴던 두부도 조심스레 다가와 그들이 싣고 온 바깥 공기를 킁킁거린다. 녀석들의 흐트러진 과거를 알기에 어설픈 시도들이 빚는 광경을 간혹 만나면 흐뭇함을 감출 수 없다.

흔한 레퍼토리를 끊고 새로운 가능성을 쓰려는 녀석을 위해 반려동물 행동교정 수업을 받았다. 녀석의 노력에 작게나마 도움을 주고 싶었다. 행동교정 전문가에게 사회화가 이미 끝나고 성견 이후 식구가 된 유기견은 훈련하기 비교적 힘들지 않냐는 질문을 던졌다. 실제로 지나버린 유년기는 대부분의 사람들이 성견이 된 유기견을 입양하기 곤란해 하는 이유 중 하나였고, 전문가들도 언급하기 조심스러워하는 부분이었다. "이 친구가 이 사회 속에서 어울려 살려면 그건 평생 해야 할 과업 같은 거예요. 다 컸다고 사회화가 끝난 것도 아니고, 바뀌지 않는 건 없어요. 그리고 그렇게 교정했을 때 본인도 편하다는 걸 느끼면 차차 바뀝니다."는 대답을 들었다.

멈추지 않는 '평생의 과업' 같은 변화. 녀석을 위한 도움이었으나 울림은 나에게 퍼졌다. 덕분에 변모해 나가는 푸코처럼 나도 고쳐 쓰고 싶었던 작은 불꽃을 발견한다. '나는 원래 이런 사람이야.'에 가둬놨던 가능성. 누군가와 마음으로 관계를 맺고, 순간에 최선을 다하고, 머릿속 계산기를 두드리지 않는 '나'가 될 가능성. '유기견은 원래 그렇지.'라는 범주화의 멍에가 틀렸다는 걸 증명하듯 녀석이 친구 맺기를 시도해 보는 것처럼, 나도 어설플

지라도 마음으로 상대에게 최선을 다해 보고 싶다. 때때로는 상대를 향한 선을 넘으려 한다. 어쩌면 '무언가를 온 마음을 다해 사랑할 수 있지 않을까.' 하는 희망을 품어 본다.

"한쪽 눈이 없어서 어떡하니"

보통 거주지를 선택할 때 각자 자기만의 기준이 있다. 누군가는 좋은 학군을, 누군가는 직장과의 접근성을 고려하며 안식처를 구한다. 나는 푸코와의 산책을 즐기기 위한 녹지의 유무를 우선순위에 두기에, 지도 앱을 켜고 지도상에 초록색이 많은 곳부터 동그라미 치는 것으로 이사 준비를 시작한다. 덕분에 새로 이사 온 곳은 예전에 살던 곳에 비해 직장에서 멀어졌지만 강과 산이 가까워졌다. 그리고 무엇보다 지역 구성원들이 동물들에게 우호적이다. 동네 어귀의 길고양이들이 비교적 풍족하게 지내는 편이고, 푸코가 용변을 보기에 적절한 흙과 풀이 많다.

집 근처 아파트 화단엔 이미 오가는 개들의 오줌으로 물든 '애견 배변 금지 팻말'이 적혀 있고, 고양이들이 잠시 쉬어갈 곳 하나 찾기가 어려운 게 현실이다. 이에 비하면 우리 동네는 세련되진 않았으나 푸코에게 인사해 주는 넉넉한 인심들이 있다. 길고양이들에게 말 걸어주는 누군가가 있으며, 고양이들의 끼니를 챙겨주고 잠잘 곁을 내주는 사람들이 있다. 가끔 단층집 지붕을 천사소녀 네티처럼 뛰어다니는 녀석들이 있는가 하면, 우리집 지붕과 담벼락에도 종종 앉아 있는 고양이가 있다. 아직 제대로 인사해 본 적은 없지만 한쪽 귀가 살짝 잘려 있는 걸 보아 녀석도 누군가에게 돌봄 받고 있는 고양이인 듯싶다.

특히 동네 골목에서 자주 만나는 고양이 세 마리가 있다.(녀석들의 무늬로 추정컨대 아마 모녀 관계일 것이다.) '큰 삼색이', '흰검이', '작은 삼색이'. 비슷한 듯 다른 셋은 늘 같이 머물러 있다. '큰 삼색이'가 셋 중 가장 머리통이 크고 포스가 나머지 두 마리와 사뭇 다른 걸로 미루어 보아 어미로 추정된다. 이 셋은 푸코를 경계하지만 거의 매일 산책길에 만나서 그런지 도망가지는 않는다. 항상 온갖 호들갑을 떠는 것은 푸코 쪽이다. 미동조차 하지 않는 그들을 향해 엉덩이를 치켜든 채 놀자는 어설픈 신호를 보내면 셋은 철저하게 이를 무시한다. 세 마리가 머무는 음식점 한편엔 고양이 밥과 물, 집이 깨끗하게 챙겨져 있다. 일 년 삼백육십오 일 아침마다 그들을 챙겨주고, 땅값 비싼 서울에 살뜰히 자리를 내주신 음식점 사장님께 감사한 마음으로 그 앞을 지나간다.

　매일 산책길에 고양이들의 안부를 살피는 것은 우리의 산책 일과이다. '작은 삼색이'는 체구가 작고 한쪽 눈이 없어서인지 녀석을 볼 때마다 마음이 쓰인다. 한쪽 눈이 없는 고양이는 어렸을 때 허피스를 앓았을 가능성이 있다고 한다. 처음엔 고양이의 비어 있는 한쪽 눈을 정면으로 직시하는 것이 겁났다. '보통'의 고양이 기준에 어긋나기 때문인 건지 어릴 때 읽었던 에드거 앨런 포의 〈검은고양이〉 때문인 건지 알 수 없지만, 가만히 앉아 있을 뿐인 녀석의 비범한 외모를 보고 놀란 쪽도 나였다. '깜짝 놀란 기색을 내도 되려나, 한쪽 눈이 안 보여서 불편하지는 않을까, 불쌍하다고 생각해도 되려나, 이 역시 불쾌하지는 않을까.' 그 짧은 순간에 들이켠 숨을 멈추고 온갖 생각을 떠올린다. 지나칠 법도 했지만 녀석의 텅 빈 왼쪽

눈이 더욱 아찔하게 다가왔던 건 푸코 때문이었다. 녹내
장을 앓고 있는 푸코도 언젠가 불편한 눈을 가질 수 있다
는 막연한 예측.

녹내장. 푸코의 눈에 관을 삽입하는 안압 조절 시술이
제대로 작용하지 않으면 한쪽 눈을 잃을 수도 있다는 진
단 결과와 함께 무너진 밤, 집으로 돌아와 녀석을 안고 한
참을 울었다. 정확한 원인조차 알 수 없는 녹내장은 치료
방법도 없다. 시바견 특유의 유전병이라고도 하는데, 그
렇게 녀석의 견종을 분류할 생각은 추호도 없었다. 컨디
션에 따라 안압이 높아지지 않게 약으로 조절하고, 그 약
에 내성이 생기면 또 다른 약을 찾아 악화 속도를 느리게
만드는 것이 이 몹쓸 병에 저항할 수 있는 최선이었다. 반
려인으로서 무언가 해줄 수 없다는 무력함과 녀석이 느
낄 불편함에서 비롯된 울음이었다. 최후에 안구 적출을
해야 할 수 있다며 수의사 선생님은 케이스 사진들을 보
여주셨다.

비록 강아지 특유의 선한 눈빛은 없어지지만 녀석이 극
심한 두통 때문에 고통 받는 것보다 차라리 시력이 없는

게 나왔다. 종종 흔적만 남은 눈의 자리가 보기 어색해 의안을 넣기도 하는데 그건 인간 눈에 거슬리지 않기 위한 것이었다. 제발 안구를 적출하는 일만은 없길 바라며 녀석의 치료에 최선을 다했다. 하지만 결국 모든 약에 내성이 생겨버렸고 이름도 어려운 시도포비아 어쩌고 시술을 하여 시력을 잃었다. 시술한 눈은 점차 쪼그라들었고 동공의 자리를 눈물이 채웠다. 녀석과 산책을 나가면 두 눈으로 볼 때보다 불편해 했고, 조심성이 많아져 걸음걸이에 긴장감이 느껴졌다. 그런데도 초점 없이 허공을 응시하는 표정은 이전에 없던 나름 귀여운 구석을 만들어 주었다. 인간의 걱정과는 달리 푸코는 금세 적응해서 여전히 산을 잘 뛰어다녔다. 무엇보다 한쪽 시력을 잃었다고 해서 녀석의 식탐은 전혀 쪼그라들지 않았다.

푸코의 시술 이후 '작은 삼색이'와의 눈 마주침을 피하지 않고 뚜렷하게 직시했다. 녀석의 사정과 상황을 알지도 못한 채 인간의 기준에서 마음대로 이것저것 넘겨짚는 것은 아닌지 스스로에게 물으며. 녀석의 특별한 외모에 익숙해진 지금은 불편한 눈보다 햇살을 즐기는 모습이 먼저 눈에 들어온다.

　주말이 되면 동네가 자연을 찾는 등산객들로 붐빈다. 등산객들 역시 나란히 앉아 오가는 사람들을 구경하는 고양이 세 모녀를 예뻐한다. 때때로 오가며 작은 삼색이의 눈에 관해 이야기하는 소리가 들려온다. "한쪽 눈이 없어서 어떡하니." "아이고, 불쌍해라." "아이고, 징그러워라."라며 걱정과 두려움이 섞인 이야기들을 건넨다. 남이사 뭐라 하던 녀석은 아랑곳하지 않고 자리를 지킨다. 오 년 동안 지켜본 '작은 삼색이'는 그 누구보다도 신나게 눈밭을 뒹굴고, 자기 식구들과 수다를 떨고 종종 건네지는 애정 어린 손길에 몸을 맡기곤 한다.

　한쪽 눈이 없어서 불편하고 불쌍하다는 자신만을 투영한 말이 오히려 상대의 아픔에 때론 생채기를 낸다. 자신은 전혀 아무렇지 않은데 주변 사람들이 조심스러워하며 건넨 눈에 보이는 배려와 그 공기가 자신을 더욱 위축시킨다는 장애인의 인터뷰가 생각나는 어느 산책길. 상대를 위한다며 던진 어설픈 위로들이 상대에겐 어쩌면 상처로 남을 수도 있겠다고 생각하며 어제오늘 타인에게 어떤 이야기들을 던졌는지 다시 돌이켜본다. 텅 빈 동정보다는 예의 바른 무관심이 상대를 그 자체로 존재하게 한다. 있는 그대로 오롯이 상대를 받아들이고 넘겨짚지 않는 건 쉽지 않다. 하지만 그만큼 세심히 신경 써야 한다는 걸 햇살을 즐기는 삼색이를 통해 생각해 본다. 세 고양이와 인사를 나누고, 수천 번을 걸었던 길을 푸코와 다시 더듬더듬 걸었다.

눈 먼 풍경 2

가구와 가구 틈새
수풀과 나의 무릎 사이
내 발과 너의 발 사이

무한의 경계를 외줄타기해 보니
영원한 것은 여기에도 있다.

꿈은 터널 같은 느낌이야.
그곳의 출구가 만약 있긴 하다면
그게 현실이길.

이것은 여행보다 깊은 차원의 세계.

보이지 않는다 하였으나
하찮고 더러운 것들의 가치를
주의 깊게 봐주렴.

높은 곳에서 버려진 라이터를
별똥별이라 하듯.

당신 근처의 강아지

당신 근처의 마켓, '당○마켓'. 누구나 한 번쯤 사용해 본 적은 없어도 들어본 적은 있는 이용자가 많은 중고 거래 앱이다. 중고 물건을 사고파는 것이 주된 목적이지만, 지역 기반의 앱이다 보니 동네에서 일어나는 소소한 일들을 공유받을 수 있어 심심하면 들어가 보곤 한다. 당○마켓을 보면 아이 엄마들이 맘 카페를 애용하는 이유가 납득된다. 중고 거래보다도 유독 '동네 생활' 탭이 흥미로웠기 때문이다. '동네 생활'에서는 동네에서 일어난 사건 사고, 동네의 풍경 같은 소소한 일상들뿐만 아니라 '○○ 아파트 후문 다코야끼 트럭 왔어요.' 같은 동네 사람들만 알 수 있는 피부로 와닿는 소식들까지 다양한 이야기가 올라온다. 이웃사촌이라는 개념이 희미해진 시대에 지역 동네를 중심으로 한 앱이 인기라는 게 약간은 모순적이면서도 여전히 사람들은 사람에 대한 신뢰로 결국 이어져 있다는 반증 같기도 해서 괜한 안도감이 들기도 했다.

동네 생활 탭에서는 사용자가 관심사를 정해 놓고 볼 수 있는데 단연코 나의 관심사는 '강아지', '고양이'였다. 사람들은 소소히 자신의 반려동물을 자랑하는 글과 사진을 올린다. 각자의 집에서 반려인의 온갖 애정과 사랑을 받는 반려동물들을 보며 우리집 녀석들을 한 번 더 쳐다본다. 털뭉치들 사진에는 동네 랜선 이웃들이 보낸 호응의 댓글과 '좋아요'가 달린다. 한편으론 산책길에 찍은 사진 속 배경들을 보면서 우리의 산책길을 다시금 살피고 내적 친밀감을 느낀다. '역시 여기가 멍멍이들 핫플레이스군.' 하며 어쩌면 글 속의 강아지와 산책하다 스쳐 지나갔을지도 모를 거란 기대에 조용히 '좋아요'를 누른다. 집단지성으로 모인 정보들 속에서 과잉 진료 없는 친절한 동물병원을 찾기도 하고, 가성비 좋은 수제 간식을 파는 가게를 알아내기도 한다.

애정을 머금은 수많은 글들 사이로 간혹 개나 고양이

를 찾는다는 마음아픈 글들도 보인다. 그리고 한 사건으로 당○마켓에 더욱 우호적인 감정이 솟았다. 어느 날 지역 커뮤니티센터의 SNS에 글이 올라왔다. 암컷 강아지 한 마리가 길을 헤매고 있고, 혈변을 본다는. 무심코 지나칠 수 있는 SNS 글 중 하나였으나 푸코나 두부를 만약 잃어버린다면 어떨지 아찔한 생각에 센터에 연락을 취해 반려인을 함께 찾기로 했다. 반려동물을 길러본 경험이 없으면 처음 유기·유실된 개를 봤을 때 막막할 수 있다. 지역 활동가분들이 길거리에 전단지를 붙이고 모두 각자의 SNS에 개의 가족을 찾는다는 글을 올려보았지만 몇 시간이 지나도 아무런 소식이 없었다.

가족을 잃은 녀석은 예상치 못한 길 위의 방황에 탈진한 기색이 역력했지만, 사람들의 도움을 인지한 건지 모든 이들에게 힘들게 짧은 꼬리를 흔들었다. 녀석이 성견이고 하네스에 리드 줄까지 한 걸로 보아 누군가 유기했다기보다 산책길에 유실한 것으로 보였다. 하지만 실낱같은 단서 하나 찾을 수 없었다. 그러던 중 동네 주민분이 당○마켓에 올려보자는 제안을 하였고, 녀석의 상태와 사진을 '동네 생활'에 정성스레 올려주셨다.

　그럼에도 여전히 크고 퉁퉁한 강아지의 반려인은 나타나지 않았다. 이대로 푸코·두부의 동생을 들여야 하나 고민했다. '이렇게 또 다른 친구를 들이게 되는 건가? 이렇게 갑자기?' 차선책으로 동물보호센터에 인계하는 방법도 있으나 유기·유실 동물을 데려가 공고 10일 후까지 반려인이나 입양자가 나타나지 않으면 녀석들은 안락사되기도 한다. 그렇기에 동물보호센터에 데려가는 일은 보다 신중해진다. 어쩌면 녀석의 몸에 내장인식 칩이 있을지도 모른다는 마지막 희망을 품고 병원으로 향했다. 그리고 무엇보다 녀석은 혈뇨를 계속해서 보고 있었다. '설마 혈뇨를 보는 아픈 녀석이라 버린 건 아니겠지?'라는 편견 가득한 상상을 안고 밤 11시의 동부간선도로를 달렸다.

　'당근!'

　어둠과 근심이 내린 도로 위에서 당○마켓으로 연락이 왔다는 소식을 받았다. 아무래도 자기 강아지인 것 같다고. 심장이 두근거렸다. 혹시 나쁜 의도로 애먼 사람이 연락한 건 아닌가 하는 의심과 정말 인터넷에서만 보던 '당○으로 강아지 찾기'에 대한 의혹을 떨쳐버리지 못한 채 차를 돌려 다시 커뮤니티센터로 향했다. 낯선 차에 실린 녀석은 이 모든 상황을 알긴 하는 건지 기진맥진한 채 쓰러져 있었다.

'반려인을 만나면 뭐라고 해야 하지? 애가 혈변을 눈다고 얘기해야 하나? 개를 잃어버리면 어떡하냐고 화내야 하나?' 튀어나오는 온갖 생각을 누르며 녀석의 가족을 만나러 갔다. 연락처를 건네받고 메시지를 보냈다. 그는 생각보다 차분한 태도로 밤이 너무 늦었으니 혹시 다음날 개를 데리고 와줄 수 있냐는 답장을 보냈다. 멈춤이 허락되지 않는 동부간선도로에서 생각이 멈췄다. 생각이 멈췄다기보단 화가 생각을 잠식했다. 나였다면 한시라도 빨리 잃어버린 식구와 재회하고 싶었을 텐데 날이 밝고 만날 수 있냐니!

다시 메시지를 보냈다. 시간이 많이 늦긴 했지만 개가 아픈 상태이고 오래 떠돌아다닌 것 같아 상태가 좋지 않아 보여서 집 앞까지 데려다줄 테니 데려만 가시라고. 목구멍까지 차오르는 분노의 단어와 문장들을 가까스로 눌러내고 정중히 문자를 보냈다. 당장은 어렵고 잠시만 기다려 달라는 답을 마지막으로 한 시간쯤 후 여자분이 나왔다. 그리고 어둠 속에서 그들이 나오는 순간, 꺼내려던 모든 말들을 다시 넣어두기로 했다.

그녀의 품엔 아직 걷지 못하는 어린 아기가 안겨 있었고 또 다른 한 손엔 아직 걸음이 어설픈 아이가 엄마 손을 잡고 깜깜한 가로등 아래 강아지를 만나러 오고 있었다. 그녀는 연거푸 감사하다는 말과 개를 잃어버린 경위를 간략히 설명했다. 큰아이 어린이집 등원 준비를 하는 사이에 강아지가 나가버렸는데, 큰아이와 작은아이 사이에서 정신이 없어 전단지를 만들 새도 찾으러 나갈 새도 없었다고. 정말 죄송하고 감사하다는 말씀과 함께 커피 쿠폰을 보내주었다. 그리고 잠시 우리집 막내가 될 뻔했던 녀석은 짧은 꼬리를 실컷 흔들며 반려인의 품으로 돌아갔다. 우리는 집으로 오는 내내 아무 말도 하지 않았다. 섣불리 우리가 내렸던 판단과 생각들은 그대로 부끄러움과 함께 중랑천에 흘려보내야만 했다.

여전히 당○마켓에는 우리집 강아지, 고양이 사진들 사이로 "강아지/고양이를 찾아주세요."라는 게시글들이 보인다. 때로는 "○○에서 2시간 전에 봤어요."라는 댓글이 달리기도 하고, 몇 시간 뒤 "저희 강아지 찾았어요. 모두 감사합니다."라는 안도를 자아내는 후기가 올라오기도 한다. 개를 유실하는 상황이 오면 개가 보통 생활 반경에서 3일 정도 머물기 때문에 동네 사람들의 목격담이 무엇보다 중요하다.

점점 사회가 각박해지고 서로를 소외시킨다고 하지만, 때론 사람들의 관심과 애정과 행동이 모여 전혀 가닿지 않을 것 같은 곳까지 뻗어나간다. 일면식 없는 이웃들의 느슨한 연대. 서로에게 뜨겁지 않아 치열해 보이지 않더라도 분명 언제든 타인의 도움에 응답할 수 있고, 때로는 먼저 손을 내밀 수 있다. 느슨하지만 끊기지 않을 관심 덕에 훈훈해지고 스스로 부끄러운 밤이었다.

나에게로 떠나는 여행

세상이 질병으로 멈췄다. 멈춘 것들 중 아쉬운 하나는 자유로운 여행이었다. 푸코와 두부가 열어준 통로를 통해 아빠에게 중국 남부 여행을 가자며 여권을 갱신하고, 모터사이클 여행을 꿈꾸며 쿠바행 티켓을 끊었다. 물론 코로나 사태 전에. 종잡을 수 없이 전염병은 퍼졌고 결국 한시적일 것 같았던 보류는 기약 없이 이어졌다. 그렇게 질병으로 뒤덮인 한 해 두 해가 지나가는 동안 어느덧 10살의 나이를 훌쩍 넘긴 푸코의 눈 상태가 급격히 나빠졌다. 최근엔 오른쪽 눈도 녹내장이 시작되어 녀석은 부딪히고 더듬거리며 걷는 일이 많아졌다. 푸코에게 익숙했던 자주 가던 산책길과 훌쩍 뛰어넘던 하수구멍 모두 어색한 것 투성이가 되었다.

길고도 긴 질병과의 싸움의 끝자락, 코로나가 한결 잦아들고 날씨가 좋아지니 푸코의 온라인 친구들의 SNS엔 반려인과 함께 간 여행 사진들이 올라왔다. 신난 멍멍이들의 표정을 보며 지도 앱을 켜고 가고 싶은 곳을 별표 쳐 보았다. 그중에서도 녀석과 제주도를 가보고 싶었다. 안압 때문에 비행기를 탈 수 없는 녀석이 홀로 바닷가를 거닐고 있는 모습을 상상해 보기도 한다. 다행히 왼쪽 눈의 녹내장이 진행될 때보다 기술이 발달해 다양한 종류의 안약이 나왔지만, 모든 약은 내성이 생기고 언젠가 녀석은 오른쪽 눈으로도 세상을 보기 어려워질 것이다.(아니길 바랐으나 현재는 양쪽 모두 시력이 없다.) 녀석의 시선이 희미해짐과 동시에 자동차 뒷자리에 녀석을 싣고 여행 가는 상상을 부쩍 구체적으로 그려보게 되었다.

'푸코는 무엇을 보고 싶어할까?'

시간의 유한함을 부정하고 최대한 미루고 싶어 푸코와의 여행을 계속해서 계획했다. 특히 어둠이 내려앉은 밤,

한 발짝 앞으로 나가기도 두려워하는 녀석의 발걸음에 그가 아프다는 사실을 확인할 때마다 여행에 대한 집착이 커졌다. 최대한 특별한 '사건'을 만들어주고 싶었던 것이다. 현실적인 여건들에 밀려 여행이 멀어질 때마다 섭섭함과 아쉬움을 잔뜩 묻혀 제야에게 짜증을 부렸다. 그에게서 돌아온 답장.

"푸코와 병원 오가는 길도 나에게는 여행 같아."

푸코에게는 우리가 매일 걷는 산책길이, 병원으로 향하는 왕복 두 시간의 차 안이, 어제 영역 표시한 전봇대를 확인하는 길이 매일 여행일 것이라는 그의 답장이었다. 푸코의 질병들(심장사상충, 홍역, 그리고 녹내장)을 겪고 확인할 때마다 속상해 하며 조급해 하는 나와 달리 제야는 푸코의 삶은 보너스라며 흔들거리는 나를 다잡아 주곤했다. 녀석과 병원 다녀오는 길, 그에게 전화해 본다.

: 병원 다녀올 때마다 녀석의 아픔을 확인받는 것 같아서 괴로워. 그럴 때마다 당신은 '보너스 같은 삶'이란 얘기를 하곤 하는데, 녀석에게 보너스 같은 삶이 뭘까?

: 몇 번이고 죽다 살아나 본 어떤 생명체가 하루를 음미하는 깊이를 어찌 가늠할 수 있을까. 다음날 멀쩡히 눈을 떴다는 것에 대해 감사함을 알게 해주는 거지. 녀석은 그렇게 온몸으로 감사해 하고, 그런 푸코를 보며 삶의 유한함 속에서 무엇이 제일 중요한지 깨닫게 되는 것 같아. 걷는 것과 뛰는 것, 냄새를 맡고 계절의 변화를 느끼며, 바람의 향기를 나누는 일상이 얼마나 귀하고 특별한지. 인간 세상의 경쟁과 일상에 파묻혀 당연하다고 여겨지는 그 많은 장면이 누군가에겐 하루라도 있었으면 하는 간절함의 기표라는 걸.

: 그렇지만 점점 시력을 잃어가는 푸코를 보면 속상하기도 하고 애잔하기도 해. 그래서 자꾸 어떤 특별한 사건들을 녀석과 만들고 싶어서 조급해져. 어떻게 받아들여야 할지 모르겠어. 푸코도 많이 힘들겠지?

: "잃는 만큼 얻는다."라는 꼰대 같은 말을 하고 싶진 않아서 다른 말을 떠올려봐도 대안이 없어. 장기에 대한 애착은 인간이 제일 크다는 의사 선생님의 말이 선하지. 시력을 잃는다는 건, 시각예술 종사자로서 나에게는 죽음과 이음동의어 같은 느낌인데 동물은 단순하다는 거야. '그냥 없어졌구나.' 정도로 인지하

고, 다른 감각을 통해 부지런히 메우게 될 테니 걱정하지 말라는 말. 우리의 염려가 인간의 오판일지 모른다는 속 좁은 생각을 하며, 푸코는 이제 나를 보지 못하겠구나 하며, 노여움에 사무치려는데 시각을 점점 잃어가는 푸코는 놀랍게도 후각과 청각을 발달시키고 있더란 거지. 간식을 건네보면서 체크하곤 하는데, 눈이 멀어도 내 품을 찾아와 안길 수 있다고 생각하니 더 이상 슬퍼 말자고 생각이 정리돼.

🙂 : 하긴 자연에서 암세포가 퍼진 동물은 인간의 생각과 달리 차라리 그 기관을 절단해서 고통을 덜어내는 게 낫다고 들었어. 푸코가 이런저런 질병들을 겪어내고 이겨냈기에 당신은 이렇게 초연해질 수 있는 거라고 생각해.

🙂 : 무엇을 잃는다는 게 곧, 잃었던 무언가를 다시 찾는다는 걸로 인식의 전환이 가능하게 되었고, 거의 모든 것을 잃어 죽음에 직면하더라도 결국 우리가 모르는 새로운 것들을 얻게 될 거라는 생각에 설레기도 해. 이런 생각의 꼬리를 이어 보면 '사유'의 영역으로 들어서게 되는데, 그 영역은 어떤 자연 그 자체의 모습 같아. 물, 불, 흙, 바람 그리고 따뜻해지는 마음뿐.

전화를 마쳤다. 새로움의 무게가 고역이 될 수 있는 푸코를 데리고 '어디론가' 여행을 다닌다는 건 그를 향한 위선으로 포장한 인간의 무리한 욕심이라는 걸 인정했다. 사회적 관념에 맞춰진 여행에 대한 정의를 스스로 명확히 해야 했다. 내가 처음 푸코와 하고 싶었던 여행은 수집에 지나지 않는 경험의 열거를 위한 것이었음을 깨닫고 진정 우리에게 필요한 여행은 무엇일지 녀석과 걸으며 논의했다. 푸코는 산책하는 지금, 이 순간의 정취가 한 번도 겹쳤던 적이 없었기에 순간순간 여행 같다는 말을 건넸고, 하루 중 이 시간만을 기다린다는 말을 덧붙였다. 나도 모르는 새 나의 여행 메이트는 매일 여행을 즐기며 선물하고 있었다. 세상의 속도에 끌려 다니는 우둔한 반려인이 자신의 리듬 속에서 흥겹게 걸어 다니는 모습을 상상하며.

여태껏 부재했던 여행 같은 일상. 그저 녀석을 끌고 나가려 했던 욕심이 보잘것없게끔 반대로 나는 푸코와 두부로 인해 어딘가로 떠나는 여행보다 고요히 집안에서 사유하는 시간이 절대적으로 늘어났다. 고귀한 그 시간을 통과한 덕에 결국 우리의 발걸음은 '여행'을 위한 여행이 아니라 이미 끝없는 객지로의 여행길 위에 있다는 걸 겨우 알아차린다. 푸코를 통해 생명의 유한함을 알았으니 그 마음의 방향이 조급함이 아니라 충만함으로 향하길 바라며, 똑같다고 여기는 풍경들을 녀석들과 여행처럼 누리라는 이야기. 인생은 아름다운 소풍 길이라는 어느 시인의 말처럼 보너스 같은 시간을, 녀석들과 여행 같은 일상을 오래도록 함께하길 앙망한다.

존엄한 죽음

　단단하시던 나의 할머니가 전염병의 여파로 부러지셨다. 올해 아흔이 되신 할머니는 몇 년 전까지만 해도 독립적 경제생활을 하실 만큼 영민하고 자존심 강한 분이셨다. 그녀에게서 언뜻언뜻 내가 읽힐 때를 생각해 보면 충분히 납득이 됐다. 그래서 엄마는 그런 그녀를 돌보는 것이 더 힘들다고 했다.

　돌봄을 받는다는 건 다시 유아기로 퇴행했다는 걸 인정해야 한다. 혼자서 어떤 것들을 할 수 없다는 걸. 할머니의 의식과 자존심은 아프기 이전과 같았으나, 그녀의 몸은 더 이상 그 자존심을 유지하는 것을 허락하지 않았다. 피 한 방울 섞이지 않은 며느리에게 자신의 배설을 맡기고 싶지 않은 건 할머니의 마지막 자존심이었을 것이다. 결국 합의점으로 할머니의 공간에 이동식 간이 변기를 설치해 놓았고, 할머니는 스스로 용변을 보기 위해 몸을 가누었다. 하지만 불과 세 평 남짓한 공간에서 그녀는 한 발자국 이상 움직일 수 없어 자식들에게 도움을 청했다. 할머니는 한동안 누워서 말이 없으셨다.

엄마와 일전에 윤여정 배우가 주연한 영화 〈죽여주는 여자〉를 같이 보았다. 영화는 일명 '바카스 아줌마'로 불리던 소영(윤여정 분)이 생에 대한 집착을 떠나보낸 노인들의 죽음을 도와주는 내용이다. 극 중 노인들이 소영을 그저 자신의 존엄성을 지키기 위한 여러 수단으로 타자화시키는 것은 다소 불편했으나, 우리 사회가 그저 외면하고 있는 노인 고독사 같은 있지만 보이지 않으려 하는 문제들을 고발했다는 점이 의미 있었다. 엄마와 보기에 적합한 영화였는지 끝나고 나서야 의문이 들었고, 아니나 다를까 옆자리의 엄마는 엔딩크레딧이 모두 올라갈 때까지 자리를 뜨지 못한 채 펑펑 울었다.

영화를 보고 나와 커피를 마시며 인간으로서 최소한의 존엄성을 잠깐 얘기했는데 엄마는 당시에 "내가 인간답지 못하게 되면 그냥 나를 보내줘. 생명 연장 같은 건 하고 싶지 않아. 꼭."이라고 말했다. 엄마다운 말이었고 덕분에 나는 '인간답다는 걸 뭘까.'를 잠시 고민했다.

할머니와 인간다움과 죽음 사이의 주제를 오가며 전화 너머로 엄마는 다시 그 이야기를 꺼냈다. 엄마는 우리나라도 존엄사를 허락했으면 좋겠다며 본인은 적당한 나이에 건강히 살다 가고 싶다는 이야기를 재차 건넸다. 문학을 공부했던 엄마에게 현실의 삶이란 건 스스로를 지워 나가고 죽여 나가야 존립할 수 있었을지도 모르겠다는 생각에 어쩌면 엄마는 몇 번이나 다시 태어났겠다는 생각이 조심스레 뻗어나갔다. 그런 엄마에게 죽음은 간발의 차로 우리 옆에 있고, 멀리 있다고 생각하는 죽음은 때론 지나치게 간단해서, 반려동물도 비슷한 문제 때문에 반려인들이 갈등 앞에 서 있다고 답했다. 시어머니 돌봄 노동에 지친 엄마의 그늘이 더욱 짙어지기 전에 대화의 주제를 동물로 돌렸다.

"엄마, 원래 자연에 있으면 도태될 아이들인데 요즘은 의학 기술이 발달해서 18~19살짜리 개들도 어떻게든 수술해서 생명을 연장한다니까? 나도 엄마처럼 인간다움을 유지할 때까지만 살고 싶은데 그런 거 보면 가끔 무리해서 애들을 살려내는 게 인간 욕심인가 하는 생각도 들어. 그런데 또 한편으로 만약 푸코나 두부가 거의 죽어가는데 살릴 방도가 있다고 하면 어떻게 해서든 살리고 싶은 생각도 들고. 아직 닥치진 않았지만 필연적인 문제라서 요즘도 가끔 고민해 보기도 해. 아, 그리고 수의사 선생님들도 함부로 안락사 잘 권하지 않으셔. 수의사면 생명을 살리고 싶어서 수의사가 된 걸 텐데 어쨌든 살아 있는 생명을 자기 손으로 거두고 싶겠어?"

같이 근무했던 선배가 10년 정도 키웠던 몰티즈를 안락사시켰다. 10년이면 소형견치고 짧은 생을 산 축에 속했다. 선천적인 피부병 때문에 평생 간식 한번 먹어본 적 없었던 심장병을 앓았던 작고 예쁜 몰티즈는 십 년 동안 한 가족의 막내로 온갖 애정을 주고받으며 살다가 떠났다. 선배는 일주일 내내 언제든 터질 듯이 눈물을 머금고 있었고, 이렇게 짧게 살다 갈 줄 알았으면 마지막에 맛있는 간식이나 실컷 줄 걸 그랬다며 회한을 말했다. 수의사가 안락사를 허용할 정도면 보호자가 현대 의학으로 할 수 있는 부분을 모두 시도했으나 차도가 없다는 뜻이기도 했다. 그녀는 며칠을 고민하다 간밤에 작은 몸에서 터져 나온 핏덩이를 보며 안락사를 결심했고 펑펑 울었다.

다니구치 지로의 명작 만화 〈개를 기르다〉에는 주인공 '탐'이 나온다. 요즘 반려동물을 다루는 방식은 반려동물 일생의 아주 찰나인 어린 순간만을 집중하는 데 비해 이 책은 나이 들어 떠난 개의 이야기를 가감 없이 현실적으로 그려내고 있다. 게다가 탐의 생김새가 푸코와 많이 닮아서 더욱 이입해서 읽었다. 만화에서 나이가 든 개는 다리에 힘이 없어 소변볼 때 다리를 들지 못하고, 다리에 힘이 빠져 갑자기 주저앉아 엉덩이에 똥이 묻기도 한다. 탐이나 푸코 같은 개들은 성격이 깔끔해서 절대 자신의 영역에 용변을 보지 않는다는 걸 알기에 탐의 용변 실수는 스스로 얼마나 수치스러울지 짐작해 본다. 이런 과정을 옆에서 보는 반려인은 "지켜보고 있자니 마냥 눈물만 흐른다."라고 말하며 개의 말년을 그저 지켜본다.

선배의 개는 그녀의 결정으로 고통의 종식과 함께 죽음을 맞이했고, 만화의 개는 생명의 기운이 빠져나간 삶을 지속하다 죽음을 맞이했다. 무엇이 옳고 그른지 함부로 단정을 지을 수 없었다. 결정에 상관없이 선배와 탐의 반려인은 일상이 무너지는 심정이었을 것이다. 십여 년이 넘는 세월을 동행한 이들이기에 모두 개를 위한 최선을 수천 번 고민했을 것이다. 애정하는 이의 생사를 지레짐작으로 결정해야 한다는 사실이 유일하게 예측할 수 있는 미래인 '죽음'을 마주할 반려인으로서 잔인하게 느껴질 뿐이다.

인간과 사는 대부분의 동물들은 인간보다 수명이 짧기에 반려동물을 키우는 이라면 '이별'에 대해서 생각해 보지 않을 수 없다. 그리고 왜 그렇게 어른들이 집에 새 식구를 들이고 싶어하지 않는지 조금은 이해할 수 있게 된다.

날이 갈수록 푸코의 걸음걸이는 느려졌다. 짧은 산책에도 숨가쁘고 지친 모습을 보면 피할 수 없는 시점이 서서히 다가오고 있음을 느낀다.(사실 우리가 처음 만난 날부터 이 시점은 다가오고 있었는데, 인간이란 한 치 앞만 보는 동물이니 깨닫지 못하고 있었던 걸지도.) 나이라도 정확히 알면 어떤 상실에 대한 대비책이라도 세워 놓겠지만, 푸코와 두부의 나이를 정확히 알지 못하는 게 이럴 때만큼은 한스러웠다.

죽음이 존엄할 수 있을까? 떠나는 이는 자신의 존엄을 끝까지 지킬 수 있겠지만, 남겨진 이들은 존엄한 죽음의 여부에 상관없이 비통하다. 엄마를 위로하기 위해 죽음을 탁자 위에 올려놓았지만 막연하고 추상적인 '죽음'이라는 것조차 네발 달린 녀석들에게 배운다.

할머니의 아픔에 아랑곳하지 않으며 해는 넘어갔고, 새해를 맞이해 할머니는 음력으로 한 살을 더 드셨다. 생명의 끈을 꼭 붙잡고 그렇게 잠시 드리웠던 어두운 그림자를 차차 걷어내시고 있다. 나이를 먹는 것조차 사치스러울 만큼 지친 엄마에게 차례 드리면서 무슨 기복을 빌었냐고 물으니 할머니가 일어나 편하게 움직이시면 좋겠다고 답하셨다. 할머니의 존엄은 아들의 부인인 며느리를 통해 지켜지고, 며느리이자 나의 엄마는 그렇게 할머니를 돌보며 평생 선한 마음으로 살고 싶다는 그녀의 존엄을 지키는 것 같아 나는 부끄러워졌다.

구조된 유기인

유기하다(동사)

1. 내다 버리다.

2. (법률)어떤 사람이 종래의 보호를 거부하여,

   그를 보호받지 못하는 상태에 두다.

3. 유의어 : 버리다, 내버리다, 버려두다, 포기하다

　관성대로 이끄는 삶에 길들여진 나는 하루하루를 소모해 왔다. 적당한 생애주기에 적절히 맞춰 살아가는, 어쩌면 현대문명 속 가장 흔한 유형의 '유기인'. 자신을 대충 버려둔 채 살아가던 나에게 '왜 태어났고, 무엇으로부터 왔으며, 어디로 흐르는지'에 대한 철학적 물음은 사치이거나 없었다. 내일이 오지 않길 바라며 가혹한 주사위 놀이처럼 태어났으니 사는 삶, 혹은 가족이나 학교의 울타리에서 전혀 사유하지 못한 채 그냥 굴러가는 대로 내동

댕이쳐진 삶이었다. 유기당한 강아지와 고양이를 통해 이런저런 성찰의 시간을 나누고 있다 보니 타인에 의해 유기된 녀석들과 달리 스스로 삶을 유기하고 있는 것 같아 부득이 유기인이란 표현을 빌렸다.

피동적이지만 능동적으로 살아내는 두 녀석을 보며 능동적인 척하지만 한없이 피동적인 인간은 질문하기 시작했다. 시작은 그저 세심히 지켜보기였다. 둘을 향한 목적 없는 관심은 자연스레 스스로를 향했고, 녀석들에게 투사된 유기인을 바라볼 수 있었다. 압축된 시간을 살아내는 녀석들은 정답만을 좇던 인간에게 불확실성의 확실함을 건넸다. 지금, 이 순간과 우리의 죽음 이 두 가지만 확실하다고. 같은 순간을 누리고 있는 우리조차도 셋 다 다른 시간의 밀도로 존재하고 있으니 서로 비교할 수 없다는 이야기도 덧붙여서. 결국 푸코와 두부의 출현은 지금부터라도 사는 것처럼 살아보고 싶다는 욕심의 기폭제가 되었다.

이는 '나'의 이야기를 가진다는 것이었다. 기록할 만한 서사가 생기는 순간들이 쌓이고, 그 찰나와 찰나의 경계에서 때때로 멈추어 대상과 공간 그리고 자신을 관찰한다는 것. 푸코와 두부가 내게 준 큰 행복이자 나와 내 삶 그 자체에 아로새겨졌다. 이러한 상호작용을 '사유'라고 하는지 모르겠으나 그것에 가까운 어딘가에 놓인 것은 분명했다.

인간과 다른 속도로 사는 녀석들에게 어제, 오늘, 내일의 변화는 매우 이채롭고, 이는 인간의 입장에선 때로 시간의 역전현상 같은 것이 생겼다. 푸코에겐 먼 과거가 되어 있으나 내게는 얼마 지나지 않은 방금 전의 우주적 체험. 그 속에서 매순간 다르게 읽히는 녀석들의 표정은 별만큼이나 다양한 신호처럼 여겨지고, 그것을 바라보며 반응하고 해석하는 나 역시 매일 조금씩 달라졌다.

이러한 다름과 다양함이 하루 안에서 켜켜이 쌓여가며 그 두께만큼이나 관계는 가까워지고 따뜻해진다. 마치 영화 〈타인의 삶〉에서 '비즐러'가 되었다가 〈인터스텔라〉의 웜홀로 들어선 느낌. 지극히 평범한 일상들이 이리도 드라마틱하게 변할 수 있다는 걸 진작 알았더라면 타인의 서사를 부러워하거나 억지로 끼워 맞추려는 공허한 노력 대신 우리의 서사에 쓰일 순간들을 놓치지 않으려 했을 것이다.

녀석들이 불어넣은 온기에 덥혀지고 있다 보니 문득 주변의 차갑고 아픈 사람들이 하나둘 보이기 시작했다. 이전에도, 지금도 존재했으나 그저 지나쳐버린 이들. 서로 돕는다는 말이 진작 사라진 것만 같은 서슬 시퍼런 메가폴리스 안에서, 울고 있는 이를 위로하고 눈물의 근원을 되짚어가는 일은 시간 소모였다. 자신과의 관계조차 맺기 어려운 세상에선 타인에 대한 연결고리와 더듬이를 끊어내는 것은 보다 효율적으로 항상성을 잘 '유지'하는 사람이 될 수 있는 비법이기도 했다.

누구보다 이런 사회에 잘 적응해 병든 나에게 개와 고양이는 '아니면 말고.'라는 태도 대신 한 번 더 두드려보고 조금 더 관찰하고 타자를 향해 눈물 흘려보라고 다독였다. 그 눈물 속에서 마음 한구석만 내어주면 내일을 살아낼 것만 같은 친구들을 하나 건너 하나인 듯 읽어내고 외면하지 않으면, 조금 더 살 수 있는 길 위의 생명들의 외침이 더욱 조용하고 크게 울려 퍼진다.

이런 사유의 흔적들을 짚어보며 언젠가 나보다 먼저 떠날 이 녀석들 옆에서 우리가 함께 존재했다는 것을 증명하고 싶었다. 작은 용기에서 얼떨결에 출발해 빚어진 이 특별한 '관계'. 녀석들을 관찰하며 기록하는 것은 그저 흘러가는 장면을 목도하는 행위가 아니라, 풀어진 장면들을 포착하고 파편같이 흩어진 사진과 이야기를 하나로 꿰어보는 일이었다. 불현듯 삶이 공허하고 휩쓸려 내몰린다고 느껴질 때 꿰어진 이야기의 연대들이 우리를 지켜줄 것이라는 염원을 담아 구슬 꿰듯 엮어본다. 단순히 이미지와 문자를 기록하는 행위를 넘어 다른 생명과 이웃에 관한 관심과 성찰이라는 긴 호흡으로 이어지기를 기대한다. 단편적으로 판단하고 결론지었던 과거의 나를 넘어 보다 입체적으로 상황과 상대를 마주하기 위한 호흡.

사유의 흔적들이 기록될 때마다 늘어난 글감과 이미지들을 정리하는 건 일상을 향유하는 일이기도 했다. 녀석들을 처음 마주했을 때보다 두부의 동작은 느려지고, 푸코의 누런 털은 점차 희어졌다. 시간순으로 이야기들을 엮어보다 더 이상 우리의 동거일지를 쓰지 못할 때가 올까봐 아득하지만, 문득 엮어진 순간들이 모여 그 끝에 또 다른 생명 하나가 내일을 찾으면 좋겠다고 스스로를 위로한다. 이것은 우리가 모두 연결되어 있다는 가냘프지만 힘 있는 시각적 증명의 시도이자 공감각적 존재론일 것이다.

　어릴 적 별자리 도안을 벽에다 그려두고 매일 밤 이리저리 그어보고 엮어보던 그런 기억처럼.

사랑(devotion)

검은 힘

검은 꽃잎 날아가네
질량 없이 순수한 혼돈.
뒤죽박죽 나는 것 같더니
그래도 공들여 멋부린 그림 같다.

에필로그

1. 어느 날 L에게 연락이 왔다.

"야, 너 지금 시간 되니? 나랑 울산 가자."

지도를 켜 서울에서 울산 유기동물보호센터까지 소요 시간을 검색했다. 왕복 11시간.

"그래, 가자."

20년 지기 친구인 L은 몇 년 전 부모님으로부터 독립해 나와 새 식구를 들이려고 물색 중이었다. 나의 첫 독립에서도 푸코의 역할이 지대했음을 알기에 이왕이면 유기동물센터에서 입양하길 바랐던 그녀의 용기가 무척 고마웠다. 그녀의 용기가 무색하게 1인 가구에서 유기동물을 입양하는 것은 자격 미달에 가까운 수준이었고, 서너 번의 고사 끝에 상황과 마음이 맞는 개를 간신히 찾았다. 서울, 경기도 아니고, 충청도에도 유기견은 넘쳐나는데 무려 서울에서 5시간 반이나 걸리는 남쪽 울산에서.

그렇게 어쩌다 보니 울산을 향해 또 다른 생명을 구하러 먼 길을 간다. 물론 L이 콩심을 구하지만, 결국 끝에 다다라 섰을 땐 콩심이 L을 뒤흔들고 구원하리라 조심스레 예상하며, 내가 받았던 무조건적인 사랑과 애정, 그것이 숫자 속의 L을 좀 더 따뜻하게 덥혀놓을지 모른다는 생각에 길을 나섰다.

나 역시 제야를 통해 푸코를 맞이했었기에 유기동물보호센터를 방문해 직접 누군가를 데려오는 무모함은 처음이었다. 길을 떠나기 전에 L과 주고받았던 사진 속 녀석이 센터 한켠에 앉아 우리를 기다리고 있었다. 낯선 이들의 방문을 환대하는 다른 녀석들의 눈빛과 절규에 가까운 함성에 눌린 채 사진보다 작고 똘망똘망한 녀석과 인사를 나눴다. 마치 어제 본 사이처럼.

결심이 들어차고 울산까지 향한 시간에 비해 입양절차는 신속하게 이뤄졌다. 차 뒷자리에 유기동물센터의 진득한 꼬랑내가 진동하는 검은 개를 싣고 살아생전 처음 달려보는 도로 위를 달렸다. 피곤과 허기짐이 뒤엉킨 낯선 시간을 가로지르는데 마음 한구석이 괜스레 벅차오른다. 이름조차 생소한 길이라 내비게이션에 온 집중을 하고 있는 와중에도 형언할 수 없는 웃음과 환희가 비실비실 새어 나왔다. 우선 움직여 보는 일, 옳고 가치로운 일에 셈 없이 덤벼보는 데서 온 환희, 담백한 기쁨이었다.

2. 어떤 여름날엔 아버지께 연락을 드렸다. 투박하고 자식에게 무심하고 때론 막무가내인 아버지. 전형적인 베이비부머 시대의 가부장적인 아버지. 거친 세상에서 자기 자신을 방패 삼아 처자식들 먹여 살리느라 자신은 잠시 뒤로 미뤄둔, 덕분에 자식들과 다소 서먹서먹한.

"아빠, 우리 다음 주에 성인봉 갈래?"

어릴 적 아빠는 주말마다 가족들을 차 뒷자리에 싣고 전국을 방방곡곡 누볐다. 직장인이 된 지금에서야 주말을 가족에게 할애한다는 게 얼마나 애틋한 행위인지 깨달았지만, 학업과 친구가 삶의 중심이 되어버리면서 주말 가족여행은 잊혀졌다. 퇴사한 동생과 여행을 계획하던 중 울릉도에 가보고 싶다는 아빠의 지나간 말이 어렴풋이 기억났다.

지난해 친구들과 다녀온 짙푸른 동쪽 끝 바다의 울릉도는 아직 날것의 색채가 강했고 섬의 모든 것들은 내 감각들을 자극하기에 충분했다. 그리고 나 못지않게 이 자극은 아빠에게도 깨어있는 순간들을 선물할 것이라 확신했기에 아빠에게 울릉도행을 제안했다. 드디어 이번 기회에 울릉도에 가보겠다며 아빠는 수학여행을 하루 앞둔 학생처럼 들떴다.

그리고 결국 여행 출발 하루 전날 아픈 노모와 이를 간호하는 엄마를 두고 여행을 갈 수 없다고 갑작스레 여행을 취소했다. 순식간에 많은 게 틀어졌고 평소처럼 동생과 '아빠는 도대체 왜 그럴까?'를 시작으로 서로 한탄하며 통화를 마무리했다.

그러나 푸코가 가까스로 열어준 아빠와 나, 세상 사이의 통로를 단단히 만들어내는 건 나의 몫임을 알기에 다시 그에게 전화했다. 아빠의 변덕이라기보다 자신의 나이든 어머니와 부인에 대한 아빠만의 애정에서 비롯된 갈등이라고 추측했기에. '싫으면 말고.'라는 평소의 나를 버리고 아빠를 설득했다. 엄마와 할머니가 고생하지 않게 이런저런 조치를 해놓겠다는 나와 동생의 부연설명에 전화기 너머 그의 목소리는 다시 또렷이 밝아졌다.

크고 작은 우여곡절 끝에 도착한 해발 998m의 성인봉. 수요일 오전의 울릉도 산자락은 한산했고, 운무가 살짝 내려앉아 원시림으로 가득한 등산길은 우리 셋만큼 초현실적이었다. 이 세상에 존재하지 않을 것 같은 공간에 존재하는 장면. 가기 싫다던 아빠의 등산 가방에서 등산스틱 세 쌍이 나왔다. 성인봉처럼 험한 데는 등산 스틱이 무조건 있어야 한다는 무뚝뚝한 아빠의 사랑.

한평생 가족들을 뒷자리에 태우고 세상을 돌아다녔던 아버지는 30년 만에 처음으로 차 뒷좌석에 앉아 푸르고 깊은 동해 바다의 일렁임에 경이로움을 느꼈다. 세상으로부터의 방패가 되는 바람에 딱딱하게 굳은 어깨가 잠시나마 긴장을 놓는다. 가족들을 위한 책임감에 스스로 잘라내 왔던 감응의 더듬이들이 아빠에게도 다시 돋아나는 순간이다.

서로가 서로를 구조하고 연결되어 좋은 이야기를 함께

만들어나가는 원동력. 그것이 나를 평생 괴롭힌 공허함 사이사이를 조금씩 메워주고 있었다. 푸코와 두부를 만나기 전, 사유 없이 '왜 살아야 하는가?'의 질문에 대한 한 가지 정답만을 갈구하며 삶을 늘어트려 놓았다.

밤이 되면 아침이 오지 않길 바랐고, 머릿속의 매듭은 꽉 묶인 채 그냥 소리 없이 사라지길 바랐다. 주말이 되고 휴일이면 가까스로 얻은 자유의 시간을 소모하기 위해 맹목적으로 집 밖을 나가 환등상 속에서 나를 소비하곤 했다. 서점엔 뭐든 할 수 있다는 소중한 스스로를 사랑하라는 일회용 반창고 같은 이야기들이 넘쳐나고, 절망이 없는 SNS 속 진열대의 많은 이들은 행복했다. 그렇게 어떤 희미한 회색 점으로 점차 매몰돼가던 인생의 중간쯤 가깝고 먼 죽음들을 목격했다. 그들의 소멸은 어딘가 별로 존재하겠지만 나의 공허함을 가속화시킬 뿐이었다.

그렇게 퀘스트 같은 삶의 허무함에 염증을 느끼던 시점 두 털뭉치들을 만난 것이었다. 가능성 있는 것에만 도전했던 인생, 승리가 보장된 도전만 했던 나는 그들과의 조우 이후로 분명히 다른 삶을 살고 있다. 녀석들은 나의 오래된 관성을 흔들고, 아집으로 뭉쳐진 모래성같이 견고한 지형에서 나를 멀리 떨어뜨려 놓았다. 과거의 나의 셈에서는 비효율적이지만 조건 없이 지금 여기에서 보듬고 사랑해 보자고.

인생 그래프에 불현듯 등장한 푸코와 두부는 압축된 생의 시간만큼 매순간에 충실하고 자신들의 시간으로 살아가며 타인의 시간에 함몰되지 않는다. 그리고 무조건적인 지지와 애정을 모지리 같은 반려인에게 보낸다. 지금 우리가 같이 있음에 감사하고 찰나들을 사랑하라고.

글과 이미지를 정리하고 있는데 마침 발밑에 푸코가 있다. 푸코는 여전히 잘 살아내고 있다. 일상 속 거의 모든 불확실성 속에서 그나마 확실한 건 발가락 사이로 느껴지는 푸코의 부드러운 등 털의 촉감과 온기. 때로는 보이지 않고 확실치 않은 것들을 만져보겠다고 허공을 향해 발버둥쳤었다. 그러나 우습게도 가장 먼저 내 손에 잡힌 건 녀석의 뭉클한 턱살과 정수리의 부드러운 털이었다.

그러므로 푸코는 내가 '살아있음'을 증명한다. 푸코와

두부가 머문 뜨뜻한 자리의 온기가 가실 무렵이 되면 나의 사소한 일상 조각들도 꽉 찬 하루로 맞춰진다.

　이제야 나는 좀 더 따뜻하고 진짜인 세상으로 나와서 우리를 구조하고 싶다.

구조하다〔동사〕

1. (어떤 사람이 위험에 처한 다른 사람을) 도와 구해 주다.

2. 유의어 : 구하다, 돕다, 살리다, 건지다, 구원하다

작가의 말

외로움과 고독을 구분하지 못하던 어린 시절, 외로움을 피하고 싶어 고독의 시간을 놓쳐버렸었습니다. 외로움이 헝크러져 만든 갈증은 해갈되지 못했고 그럴 때마다 매번 삶의 의미와 목적성을 찾아 헤맸습니다. 고민 끝에 심연의 질문을 입 밖으로 꺼내면 '너 멀쩡하게 잘 살고 있지 않니?'라는 반문이 돌아오곤 했습니다. 고독과 사유만이 질문에 답을 주리라는 불명확한 믿음을 갖고 밖으로 향했던 질문을 스스로에게 던지며 글을 썼습니다.

공교롭게도 초고가 마무리될 때쯤 고양이의 근육은 말라가고, 개는 양쪽 시력을 모두 잃었습니다. 안일해진 반려인에게 두 녀석은 '익숙해진'과 '일상'이 한 문장 안에 존재할 수 없다는 걸 상기시켜주었습니다. 한편으론 두 녀석과의 시간이 그리 오래 남지 않았을 것이란 생각에 조급해지곤 합니다. 홀로 삶을 꾸려갈 때는 혼자의 톱니만을 위해 하던 기름칠이, 여럿이 된 이후로는 숱한 톱니들을 하나하나 살펴주지 않으면 무용하다는 걸 깨닫고 있습니다.

'나'만 겪고 이야기할 수 있는 하루를 담아내기 위해선 무엇보다 하루를 보다 애정하고 보듬어주어야 한다는 어느 작가의 말이 떠오릅니다. 그 말을 마음에 새기며 얼핏 반복되고 지루해 보이는 삶을 두 녀석과 많이 아껴주려 노력하고 있습니다. 그런 노력 덕에 일상이 조금은 담백하고 다채로워졌습니다.

다른 '종'과 일상을 나누며 인간이라는 종에 대해서 고민해 보곤 합니다. 동시에 인간들 사이에서 통용되는 기준이 무용해지는 순간들을 마주합니다. 평생 저를 억눌러 왔던 '거짓 자아'와 '~척'으로부터 해방되기도 합니다. 여전히 오만과 실수, 공허함에 허덕이며 살고 있지만 이제는 그런 스스로를 그대로 받아들이려고 합니다.

한편으론 두 녀석과의 시간을 통과하며 그저 둥글게만 살고 싶지 않다는 욕심이 생겼습니다. 마모되어 둥글어진 덕에 톱니조차 없이 세상의 속도가 내는 파장에 휩쓸리기 바빴던 것 같기도 합니다. 때로는 톱니의 뾰족한 부분을 조심스레 드러내도 되겠다는 생각이 듭니다.

책이 나올 수 있도록 두 거대한 우주를 건네준 제야, 바쁜 일과의 시간을 쪼개가며 글을 보듬어준 지인들, 매주 녀석들의 일상을 담은 글과 이미지에 애정을 보내준 화면 너머의 여러분들, 광화문에서 함께 고민해 주신 편집자께 감사함을 전합니다.